徳間文庫

禁裏付雅帳十

決《けつ》　別《べつ》

上田秀人

徳間書店

目次

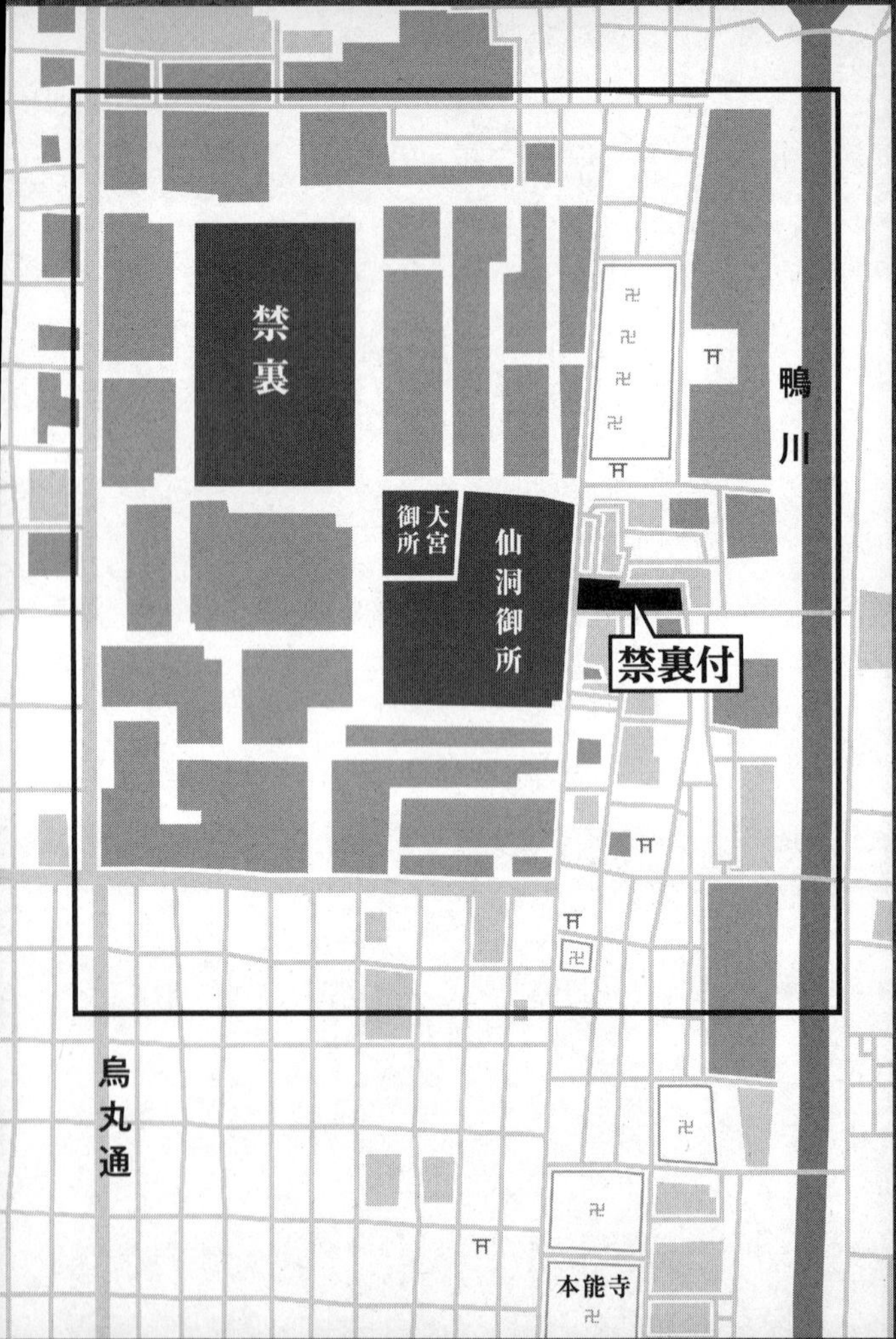
禁裏
大宮御所
仙洞御所
禁裏付
鴨川
烏丸通
本能寺

天明 洛中地図

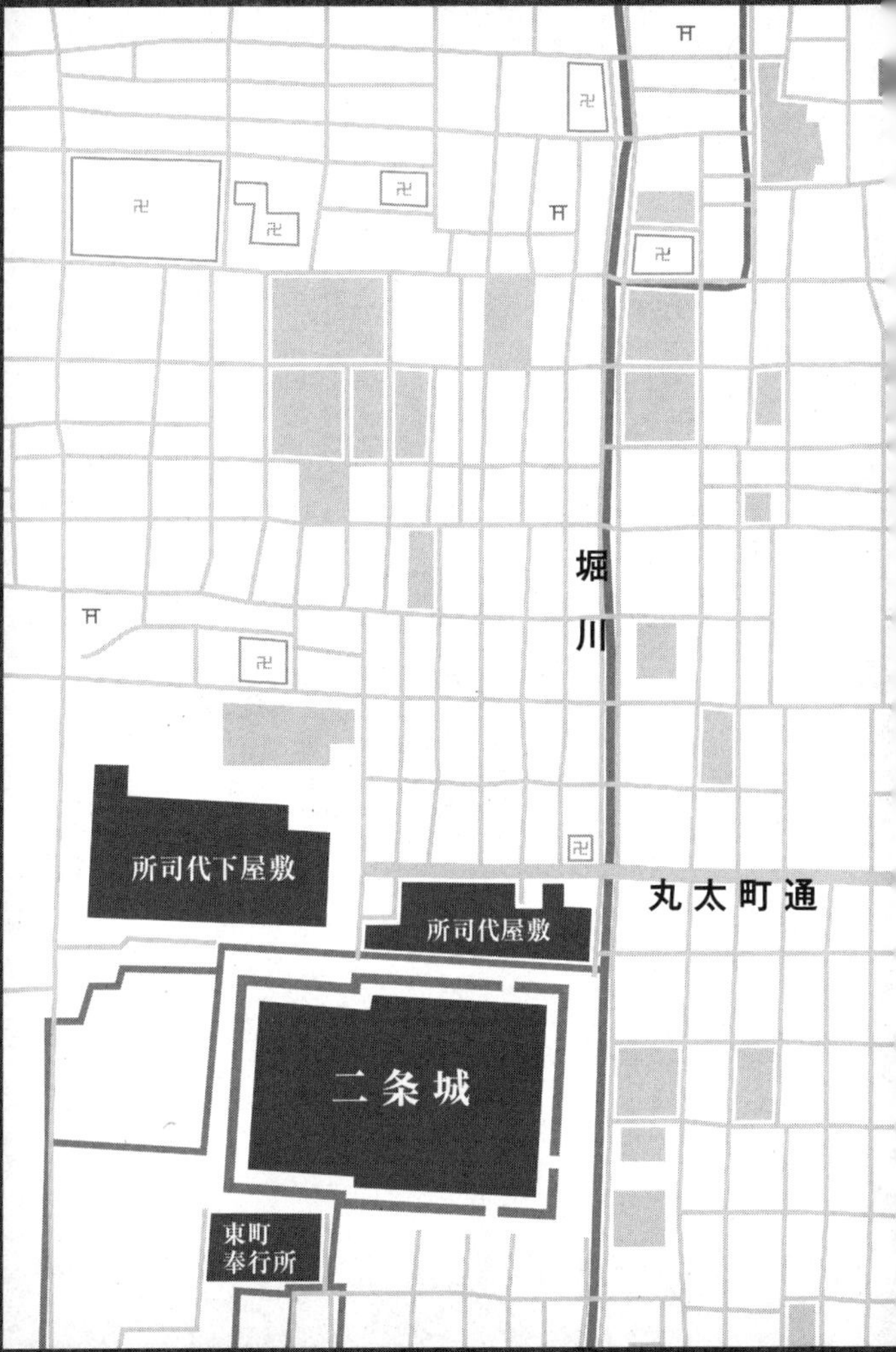

堀川
丸太町通
所司代下屋敷
所司代屋敷
二条城
東町
奉行所

天明　禁裏近郊図

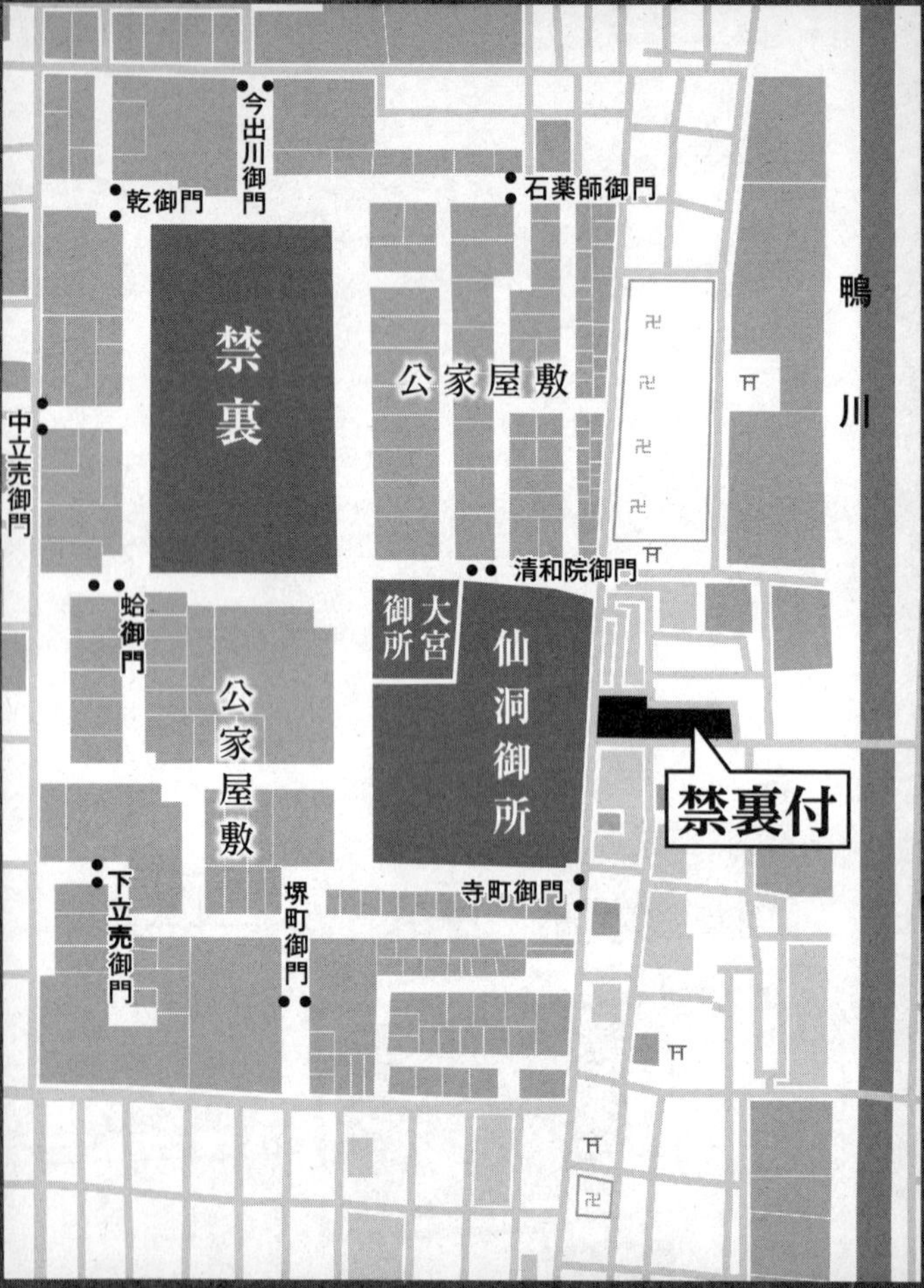
今出川御門
乾御門
石薬師御門
禁裏
公家屋敷
鴨川
中立売御門
清和院御門
蛤御門
大宮御所
仙洞御所
公家屋敷
禁裏付
寺町御門
下立売御門
堺町御門

禁裏（きんり）
天皇常住の所。皇居、皇宮、宮中、御所などともいう。十一代将軍家斉《いえなり》の時代では、百十九代光格《こうかく》天皇、百二十代仁孝《にんこう》天皇が居住した。周囲には公家屋敷が立ち並ぶ。「禁裏」とは、みだりにその裡に入ることを禁ずるの意から。

禁裏付（きんりづき）
禁裏御所の警衛や、公家衆の素行を調査、監察する江戸幕府の役職。老中の支配を受け、禁裏そばの役屋敷に居住。定員二名。禁裏に毎日参内して用部屋に詰め、職務に当たった。禁裏で異変があれば所司代に報告し、また公家衆の行状を監督する責任を持つ。朝廷内部で起こった事件の捜査も重要な務めであった。

京都所司代（きょうとしょしだい）
江戸幕府が京都に設けた出向機関の長官であり、京都および西国支配の中枢となる重職。定員一名。朝廷、公家、寺社に関する庶務、京都および西国諸国の司法、民政の担当を務めた。また辞任後は老中、西丸老中に昇格するのが通例であった。

主な登場人物

東城鷹矢《とうじょうたかや》　五百石の東城家当主。松平定信から直々に禁裏付を任じられる。
温子《あつこ》　下級公家である南條蔵人の次女。
徳川家斉《とくがわいえなり》　徳川幕府第十一代将軍。実父・治済の大御所称号勅許を求める。
一橋治済《ひとつばしはるさだ》　将軍家斉の父。御三卿のひとつである一橋徳川家の当主。
松平定信《まつだいらさだのぶ》　老中首座。越中守。幕閣で圧倒的権力を誇り、実質的に政《まつりごと》を司る。
安藤信成《あんどうのぶなり》　若年寄。対馬守。松平定信の股肱《ここう》の臣。鷹矢の直属上司でもある。
弓江《ゆみえ》　安藤信成の配下・布施孫左衛門の娘。
戸田忠寛《とだただとお》　京都所司代。因幡守。
霜月織部《しもつきおりべ》　徒目付《かちめつけ》。定信の配下で、鷹矢と行動をともにする。
津川一旗《つがわいっき》　徒目付。定信の配下で、鷹矢と行動をともにする。
光格天皇《こうかくてんのう》　今上帝。第百十九代。実父・閑院宮典仁親王への太上天皇号を求める。
土岐《とき》　駆仕丁。元閑院宮家仕丁。光格天皇の子供時代から仕える。
近衛経熈《このえつねひろ》　右大臣。五摂家のひとつである近衛家の当主。徳川家と親密な関係にある。
二条治孝《にじょうはるたか》　大納言。五摂家のひとつである二条家の当主。妻は水戸徳川家の嘉姫《よしひめ》。
広橋前基《ひろはしさきもと》　中納言。武家伝奏《ぶけてんそう》の家柄でもある広橋家の当主。

第一章　女の行方

一

十一代将軍徳川家斉《とくがわいえなり》は不機嫌な顔で、老中首座松平越中守定信《まつだいらえっちゅうのかみさだのぶ》を見下ろしていた。

「御用は」

朝の忙しいときに呼び出された松平定信が、いつまで経《た》っても用件を口にしない家斉に焦《じ》れた。

「定之助《さだのすけ》」

「はっ」

陪席を許された小納戸《こなんど》が、家斉の声にうなずいた。

「松平越中守さま、上様のお指図につき、わたくしが代わりましてお話を」

「待て。そなたは誰じゃ」

小納戸が口を開いたのを、松平定信が制し、誰何《すいか》した。

「わたくしは、小納戸中野《なかの》定之助清茂《きよしげ》にございまする」

若い小納戸が名乗った。

「小納戸だと。そのような軽き身分の者が、上様の代わりをするなど、僭越《せんえつ》にもほどがある。控えよ」

松平定信が、中野定之助を叱《しか》った。

小納戸は将軍の食事の用意、髪の手入れ、居室の掃除などの雑用を任とする。将軍の側近くに仕えるということで小姓組に似ているが、その身分には大きな差があった。

小姓が名門旗本から選ばれるのに対し、小納戸は小旗本のなかから特技のある者が自己推薦をすることで任命される。

将軍の目に留まるという点では小姓組よりも多く、出世もしやすい。その代わり、気に入らぬことをすれば、将軍から直接免職される。なかには手討ちとなった者もいた。

　よほど気働きができなければ、務まる役目ではなかった。

「……上様」

　厳しく言われた中野定之助が家斉を頼った。

「越中守、躬《み》が定之助に命じたのだ。そなたは躬の指図に不満か」

「……いえ。申しわけもございませぬ」

　家斉に睨《にら》まれた松平定信が頭《こうべ》を垂れた。

　相手がどれだけ歳下であろうが、政《まつりごと》に興味さえない飾りであろうが、家斉は将軍なのだ。幕府執政筆頭の松平定信は、膝を突かねばならない。

「ふん、定之助」

　鼻を鳴らした家斉が、もう一度中野定之助に合図をした。

「はっ」

　中野定之助が、松平定信よりも上座へと移った。

「…………」

　不快そうに眉《まゆ》をしかめながら、松平定信は黙って見ていた。

「上様の御意である」

「はっ」

この瞬間、小納戸という端役は、将軍の代理という老中よりも格上になる。

松平定信が手を突いて傾聴の姿勢を取った。

「一橋民部卿《ひとつばしみんぶきょう》への大御所称号はいかがなっておるか。すでに躬が願いをしてより、どれほどの月日が流れた。そなた、躬の指図をおろそかにいたしておるのではなかろうな」

「……畏《おそ》れながら」

中野定之助の話が終わって、少しの間を空けて松平定信が申し開きをしていいかと、家斉に伺《うかが》った。

「申せ」

口を利くのも嫌だと言わんばかりに、短く家斉が許可した。

「まず、お望みへよい報告をいたせませぬことをお詫《わ》びいたしまする」

最初に松平定信が謝罪を述べた。

「もちろん、すでに手は打っておりまする。京に人を送りこみ、朝廷との折衝をさせておりまする」

「その割には、効果が出ておらぬではないか」

さすがにこれ以上の打ち合わせはできていなかったのか、定之助ではなく家斉が文句を言った。

「なにぶんにも、大御所称号となりまするとと、朝廷でも高位の者たちの賛同を得ねばならず、早々には参りませぬ」

「ようは、その手の者では、力不足だと申すのだな」

「精一杯努めさせてはおりまする」

家斉の確認を松平定信が逃げた。

「誰じゃ」

「禁裏付《きんりづき》東城典膳《とうじょうてんぜんのしょう》正でございまする」

名前を問うた家斉に、松平定信が告げた。

「聞かぬ名じゃ」

家斉が不審そうな顔をした。

禁裏付は役高千石で朝廷の内所を監察する。いわば朝廷目付である。朝廷が徳川に手出しをしてくることがないよう見張るのが役目であり、幕府という正当性を維持する重要な任ではあるが、その身分は軽い。

遠国《おんごく》奉行よりも格下とあっては、将軍が知っているはずもなかった。

「…………」

家斉の感想に、松平定信は反応しなかった。

「躬が知らぬていどの軽輩であるならば、朝廷も相手にはすまい。もっと重き者を京へ行かせ、幕府が本気だと朝廷へ知らしめるべきである」

「では、京都所司代の戸田《とだ》因幡守《いなばのかみ》に直接……」

「そなたが行け」

老中に次ぐ格式の京都所司代にさせようと言いかけた松平定信を遮《さえぎ》って、家斉が告げた。

「わたくしがでございますか」

思わず松平定信が聞き返した。

「そうじゃ。そなたは老中首座であろう。いわば、幕臣として最高の位にある。そのそなたが京まで出向けば、朝廷もないがしろにはすまい」

他人任《ひとまか》せにするなと家斉が松平定信を暗に叱った。

「仰せながら、老中首座というお役目を預かっておりまするだけに、江戸を離れるわけには参りませぬ」

松平定信が首を横に振った。

「そなたでなければならぬのか」

「わたくしでなければ、務まりませぬ」

訊《き》いた家斉に、松平定信が胸を張った。

「ほう。そなたがおらねば、天下は回らぬのだな」

「はばかりながら」

小さく口の端をゆがめた家斉に、松平定信が自信を見せた。

「躬がおらぬとも天下は回るのにの」

「…………」

家斉に言われた松平定信が絶句した。

「将軍は神君家康《しんくんいえやす》公の血を引き、前《さき》の将軍家と近ければいい。そうであろう」

「……いえ」

笑いかけられた松平定信が苦渋の表情で否定した。

松平定信は、八代将軍吉宗《よしむね》の三男田安宗武《たやすむねたけ》の八男であった。白河藩松平家へ養子に出される前は、跡継ぎの嫡男家基《いえもと》を失った十代将軍家治《いえはる》の跡継ぎにと推薦されたこともあった。

対して家斉は、やはり吉宗が立てた御三卿一橋家の出である。家斉の父である一橋治済《はるさだ》が松平定信と同じ吉宗の孫になる。つまり、家斉は吉宗の曾孫であった。

血筋でいけば、松平定信のほうが、将軍に近い。

だが、孫の松平定信は家臣筋へ養子に出され、曾孫の家斉が十一代将軍を継いだ。

家斉の一言は、松平定信への痛烈な皮肉であった。

「とんでもないことを仰せられてはなりませぬ。上様のお身体は、天下に代わるものはございませぬ。わたくしごときと比べられてはなりませぬ」

松平定信が述べた。

「ほう」

冷たい目で家斉が松平定信を見つめた。

「ただちに京へ督促《とくそく》をいたしまするゆえ、なにとぞ、今しばしのご辛抱をいただきたく、臣越中守、伏してお願い仕りまする」

松平定信が急がせるので、もう少し待ってくれと願った。

「まことだな」

「はい」

念を押した家斉に、松平定信が首肯した。

「定之助、そなたも聞いたな」

「伺いましてございまする」

家斉に確かめられた中野定之助が、首を縦に振った。

「よし。越中守がそこまで申すのならば、今少し待とう。ただし、躬の辛抱にも我慢があるということを肝《きも》に銘じておけ」

「心に留め置きまする」

釘を刺す家斉に、松平定信が平伏した。

「下がれ」

「はっ」

家斉に手を振られて、松平定信がお休息の間を出た。

お休息の間から老中の執務室である御用部屋までは、さほど離れてはいなかった。そして、将軍御座に近いところに人気《ひとけ》は少ない。人が寄るとどうしてもうるさくなる。将軍の耳に要らぬ音を入れるのは不敬であった。

「………」

「豊千代《とよちよ》が」

ふと立ち止まった松平定信が吐き捨てるように、家斉の幼名を口にした。

「おまえごとき、将軍になれる器《うつわ》ではないわ。本来は余が十一代将軍になっていた。さすれば、大御所称号の問題など起こらぬ。そのようなどうでもよいことに気を遣う暇があれば、幕政をあらためていたからな」

松平定信は家斉を将軍として認めてはいなかった。

「おのれ、田沼主殿頭《たぬまとのものかみ》。卑《いや》しき身分から成り上がった分際で、将軍の孫たる余を白河へやるなど……驕慢《きょうまん》じゃ」

先代家治将軍の寵臣を松平定信が罵《ののし》った。

田沼主殿頭意次《おきつぐ》は、九代将軍家重《いえしげ》、十代将軍家治と二代にわたって、寵愛を受けた。小納戸の身分から最後は遠州相良《さがら》城主で大老格にまで登った。

「そうせい」

田沼主殿頭がなにを奏上しても、認めたことから家治はそうせい公と陰口をたたかれたほどの信頼を受け、幕政を恣《ほしいまま》にした。

商売を盛んにし、そこから運上を取りあげることで幕府に新たな収入をもたらした功績もあるが、それ以上に悪事がまさった。

「命の次に大事な金を差し出すのは、忠義の表れである」

どう考えてもおかしい理論を展開、賄賂《わいろ》を当然のものとして受け取り、金を出した者を能力の有る無しにかかわらず重用した。

言うまでもないが、金を出した者が役人にふさわしいとは限らず、無能が重要な役に就くことも多く、幕政を圧迫した。

「余が将軍となれば、まず主殿頭を除ける」

まだ若く田安家の者として将軍候補だった松平定信は理想に燃えていた。

しかし、それが致命傷になった。

「白河家より、是非ともお血筋をいただきたいとの願いが出ておりまする」

跡継ぎのなかった白河藩松平家へ、田沼主殿頭は松平定信を押しこんだ。

「臣籍に降りた者は、将軍たりえぬ」

こうして松平定信から、将軍になるという夢は消えた。

そのときの恨みを松平定信はまだ忘れていない。

田沼主殿頭を庇護《ひご》し続けた十代将軍家治が、死ぬなり松平定信は動いた。

「職を免ずる」

大老格だった田沼主殿頭を、死んだ家治の名前で謹慎させ、役目を解き、領地を取りあげたのが松平定信である。

田沼家は没落したが、今更とき遅しで、松平定信の将軍復帰はなくなっていた。

「余に上洛せよだと……」

先ほど家斉が言った話に松平定信は憤《いきどお》りを隠せなかった。

「なにより小納戸風情に、余を叱らせるなど……」

田沼主殿頭が小納戸から出世したという過去になぞらえて、中野定之助という若い小納戸を使ったのは、家斉の嫌がらせであった。

「余がこのような腹立たしい思いをするのは、すべて典膳正のせいである」

松平定信が怒りをこの場にいない禁裏付へぶつけた。

すでに松平定信は、腹心でもと徒目付《かちめつけ》であった霜月織部《しもつきおりべ》、津川一旗《つがわいっき》の二人から、禁裏付東城典膳正鷹矢《たかや》が、裏切りつつあると聞かされていた。

「代えるか……」

老中首座の権限をもってすれば、旗本の一人を飛ばすことなど容易である。その後に、松平定信の意を正しく汲《く》んだ者を送りこめばいい。

「いや、今はそのときではない」

松平定信が首を左右に振った。

「大御所称号がならなかったときの、責任を取る者が要るからの」

小さく独りごちた松平定信が、御用部屋へと歩き出した。

二

禁裏付東城典膳正鷹矢は、いつものように御所の東南にある百万遍《ひゃくまんべん》の役屋敷を出た。

「どきや、どきや」

「禁裏付が通るで」

御所近くになると、昇殿する公家たちが鷹矢に気づいて、あわてて逃げ出す。

抜き身の槍を立てた行列が禁裏付の決まりであり、それで散々追い回されてきたからだ。

もちろん、鷹矢はそんな無道なまねはしないが、公家の恐怖は消えない。

「今上《きんじょう》さまの仰せられたとおりよな」

鷹矢は駕籠《かご》のなかでため息を吐《つ》いた。

先日、お庭拝見の形を借りて、鷹矢は光格《こうかく》天皇と密談をした。

「決して武が突出してはならぬ。朝廷の名、武家の力、商家の金。この三つが均衡を保つことこそ、天下泰平の土台である」

閑院宮家《かんいんのみやけ》の皇子として御所の外で育った光格天皇は、多少なりとはいえ世間を見てきている。

「朝廷に力がない」

そう嘆きながらも、朝廷に力を取り戻そうとするのではなく、武家と手を携《たずさ》えて天下の安寧《あんねい》をはかろうと光格天皇は考えていた。

その想いを鷹矢は受け止めた。

「きっと執政衆に、今上さまのお心を伝えまする」

鷹矢はそう誓った。

「問題は松平越中守さまだ」

駕籠を降り、禁裏付の待機部屋である日記部屋へ入った鷹矢は独りごちた。

鷹矢は松平定信から直接禁裏付を命じられた。

「大御所称号を出させるに十分な、弱みを探ってこい」

松平定信の指示は、禁裏付という役目を利用して朝廷の醜聞を得よというものであった。

「今度来た禁裏付は、越中守の紐付きじゃ」

十年が任期とされ、交代のない禁裏付が、いきなり代わったのだ。公家たちが警戒するのも当たり前である。

わざと親しげに近づいてきて、内情を探ろうとする者、あるいは最初から敵意を隠さずに当たってくる者、傍観を決めこみ近づこうとしない者、公家の反応は多岐にわたった。

なかには鷹矢を罠《わな》に嵌《は》めて、亡き者にしようとする公家もいた。

動けば、隙もできる。

かえってそれが鷹矢に有利となり、いくつかの弱みを鷹矢は握った。

しかし、鷹矢はそのどれも松平定信のもとへ報《しら》せはしなかった。一つは鷹矢の情にからむことであり、もう一つは光格天皇から見過ごすようにと求められたからだ。

「このままにはしてくれまいな」

鷹矢は松平定信が厳しいことを十分に知っている。

いつまでも見逃してもらえまいと、鷹矢は理解していた。

「だが、吾を役目から外しても変わるまい」

公家たちとつきあってきて、鷹矢はその難しさを思い知らされている。

旗本でございと江戸で威張っているていどの者はもちろん、目付に選ばれるほどの俊英でも相手にならない。公家は力を失ってから一千年近く、謀略だけで生きてきたのだ。

「おのれっ」

いざとなれば刀でという武家の単純な頭ではとても敵わない。

それこそ気がついたら公家に取りこまれ、江戸へ朝廷のつごうのいい話を伝えるだけになっていかねないのだ。

「それに気づかない越中守さまではあるまい」

田沼主殿頭と一橋治済の企《たくら》みに落ちて、将軍争いから脱落させられた松平定信である。そのあたりの機微はよくわかる。

「江戸へ召喚されればよし。でなければ、人身御供《ひとみごくう》……」

公家と遣り合うことで鷹矢は、かなり成長していた。

「あるいは、吾を京で殺し、その責任を朝廷に押しつけて、弱みとするか」

鷹矢がため息を吐いた。

「問題となるのは、やはりあの女だな」

もと公家でありながら、出世できなかったことに拗《す》ね無頼《ぶらい》へ身を墜《お》とした男に使われていた女、浪《なみ》を鷹矢は救い出していた。

「浪も諸大夫《しょだいぶ》の娘であったという。もし、浪が御上に捕まれば……」

鷹矢は難しい顔をした。

公家のなかでも侍従に上がれる高位であった男と諸大夫の娘が、手を組んで京の闇を支配していた。いや、刺客として人殺しまで請け負っていた。

これは大きな醜聞であった。

幕府に置き換えれば譜代大名が旗本と組んで、刺客をしたようなもの。

「公家が人殺しを生業《なりわい》としていたなど、天下の一大事でござる」

松平定信はまちがいなく、これを利用する。

「浪のこと、どれほど知られているか」

鷹矢が瞑目《めいもく》した。

「誰か」

日記部屋の廊下で控えている雑仕《ぞうし》に、鷹矢が声をかけた。

「なんですやろ」

三人いるうちの一人が、恐る恐る口を開いた。

鷹矢が砂屋楼右衛門《すなやろうえもん》の誇る四神《しじん》を打ち破って、倒したことを公家はおろか、雑仕、仕丁《しちょう》などの小者まで、すでに知っている。

京の噂好きは、もはや公家から民にいたるまで習い性であり、その早さ、正確さは江戸の比ではなかった。

「土岐《とき》はどこにおる」

「知りまへんわ。休みやなかったら、どこぞにいてますやろ」

土岐とは光格天皇がまだ閑院宮にいたころから仕《つか》えている、側近とも言うべき仕丁である。光格天皇が御所に移るのに合わせて、土岐も閑院宮家から朝廷へと所属を変えていた。

しかし、身分が初七位下と低いため、朝廷における扱いは、いてもいなくても変わらないといったものであった。

「……そうか」

ため息を吐いて、鷹矢が腰を上げた。

「どちらへいかれますねん」

「どこぞにいるだろう土岐を探してくる」

驚いた雑仕に鷹矢が告げた。

「えっ」

「動かぬ雑仕の顔を見ているより、ましだろう」

「待っておくれやす」

別の歳嵩《としかさ》な雑仕が鷹矢に要求した。

「禁裏付はんが、御所内を歩き回られたら困ります」

「なぜだ」

止めた歳嵩の雑仕に鷹矢が問うた。

「やんごとなきお方がおられるお部屋もございますよって、足を踏み入れられては問題が……」

「吾は禁裏付である」

高位の公家を怒らせるかも知れないと言った歳嵩の雑仕に、鷹矢があきれた。

「帝の御座所以外で、禁裏付の入れぬところはない」

「建前《たてまえ》ではそうなってますけどなあ、その通りにするわけにはいきまへんやろ」

役目柄を出した鷹矢に、歳嵩の雑仕が下卑《げび》た笑いを浮かべた。

雑仕は公家たちを怒らせれば、鷹矢が無事にすまないと忠告しているのであった。

「そうか。部屋をあらためるなと言うのだな」

「さようでおます」

言うことをきいたかと歳嵩の雑仕が、安堵《あんど》の顔を見せた。

「はばかりあることをいたしておるというのだな」

「それはっ……」

鷹矢の確認に、歳嵩の雑仕が顔色を変えた。

「高貴なお方が、女官の上でなにかをなさっているのを見つけたときは、咎《とが》めだてるべきなのかの」

「………」

歳嵩の雑仕が、鷹矢の皮肉に黙った。

「吾は朝廷目付でもある。御所での風紀を調べ、糺《ただ》すのも役目ぞ」

鷹矢が険《けわ》しい声を出した。

「おい」

最初に応じた雑仕が、歳嵩の雑仕を抑えた。

「探して参りま」

最初の雑仕が土岐を連れてくると走り去っていった。

「どうぞ、お座りを」

残った歳嵩の雑仕が、鷹矢を促《うなが》した。

「………」

無言で不満を表しながら、鷹矢が腰を落とした。

「お呼びでございまっか、典膳正はん」

小半刻（約三十分）ほどして、土岐が雑仕に連れられて、日記部屋へ顔を出した。

「少し訊《き》きたいことがあっての」

「典膳正はんともあろうお方が、わたいのような小者に、なにを問いたいと言わはりますねんな」

言われた土岐が、わざとらしくぼやきながら近づいてきた。

「………」

ちらと鷹矢が雑仕たちを見た。

「わたいが言うても聞きまへんで」

土岐が苦笑した。

「しばし、外せ」

「あきまへん」

「わたいらは、いつ何時でも禁裏付はんの御用に応じられるように、ここで控えていなければなりまへん」

他人払《ひとばら》いを命じた鷹矢に、雑仕たちが拒否した。

「ほら」

土岐が嘆息した。

「あやつらが」

「止めときなはれ」

怒ろうとした鷹矢を土岐が制した。

「なぜだ。あやつらは禁裏付の指示に従うのだろう」

「寝言を言いなはんな。あいつらの飯の種は、朝廷から出てますねん。典膳正はんからは一文ももらってまへん。そんな連中が指示に従いますかいな」

鷹矢の疑問に、土岐が首を横に振った。

「金か」

「持ってはりますか、今」

「お役目での昇殿ぞ。財布など持ちこんでおらぬ」

問われた鷹矢が持っていないと答えた。

「ほな、あきまへんな」

あっさりと土岐があきらめた。

「いかぬか」

「ここで話をしてもよろしいけど、お昼前には、伏見稲荷《ふしみいなり》はんでも愛宕《あたご》はんでも、参拝者が噂することになりますなあ」

秘密など保てないと土岐が述べた。

「帰りに寄ってくれるか」

「よろしいけど、夕餉《ゆうげ》は出しておくれやす。遅うなってから、火もないあばらやで飯を炊くのは、あまりに寂しおますさかい」

「いつでも強請《たか》っていくであろうに」

土岐の頼みに、用意はできていると鷹矢が苦い笑いを浮かべた。

「それはありがたいことで。ほな、後ほど」

うれしそうに頰を緩めた土岐が、日記部屋を出ていった。

「…………」

二人を見ていた雑仕たちが、目で意志を通じ合った。

「ちいと厠《かわや》に」

歳嵩の雑仕が、厠へ行くとして立ちあがった。

「はあぁ」

誰に報せるのか露骨に立ちあがった歳嵩の雑仕に、鷹矢がなんとも言えない顔をした。

三

禁裏付の一日は、朝廷の内証《ないしょう》を預かる蔵人《くろうど》から提出されたその日の金の出入りを示した書付《かきつけ》を、検認して花押《かおう》を入れることで終わる。

「お疲れさまでございました」

蔵人が鷹矢が花押を入れた書付を受け取って、頭を下げた。

「黒田伊勢守《くろだいせのかみ》どのは、どうなされた」

筆を置きながら、鷹矢が訊いた。

「先ほど、武者伺候の間を出られました」

「さようか。ご苦労であった」

蔵人の答えに、鷹矢が首肯《しゅこう》した。

御所を出たところで、鷹矢は待っていた駕籠に乗った。

禁裏付がいなくなってから半刻（約一時間）と少しで、雑仕たちも仕事から解放される。

「お先さん」

土岐が手を上げて、御所を出た。

「……夕餉の菜はなんやろ」

白い帷子《かたびら》と黒の烏帽子《えぼし》、踵《かかと》のない草鞋《わらじ》という雑仕姿の土岐が、百万遍へと足下軽く歩き出した。

「待て」

御所の角を過ぎたところで、土岐の前に大柄な武士が立ちはだかった。

「なんですやろ」

平然と土岐が応じた。

「きさま、御所仕丁の土岐であるな」

「そうですけど、金なんぞ持ってまへんで」

武士の確認に、土岐が返した。

「もの盗りではないわ。我が主がお呼びじゃ。付いて参れ」

「お断りしま」

命じる武士に、土岐が首を左右に振った。

「なんだとっ。きさま、仕丁ごとき小者のくせに」

武士が土岐の拒絶に、怒った。

「なんで、どこの誰ともわからんお方の指図を受けなあきまへんねん。なんの恩も受けてへんのに」

「むっ」

土岐の正論に武士が詰まった。

「お名前は出せぬが、そなたよりもはるかに偉いお方である」

「名前はあかされへんというのに、それを信じろと。五条河原で遊んでいる童子《わらし》でも、疑いますわ」

「ええい、うるさい。きさまは黙って従えばいいのだ」

鼻で笑う土岐に、武士が怒気を強くした。

「ほな、はい」

土岐が右手の掌《てのひら》を上にして出した。

「なんだ……」

怒っていた武士が、土岐の態度に戸惑った。

「一分《いちぶ》おくなはれ。今日の仕事を終えて、楽しい夕餉をと思うていたんでっせ。それを邪魔されたんですわ。それに見合うだけのものをいただかんと……」

土岐が金を要求した。

「ふ、ふざけるな」

ついに武士が太刀に手をかけた。

「御所近くで白刃を抜かはりますか。それが見つかったら、おまはんのご主人さまもただではすみまへんで」

「やかましい。そなたていどに刀など要らぬ。黙って付いてくれば無事ですんだというに……抵抗いたしたのだ。手足の一本くらいは覚悟せい」

「正体が出ましたなあ。主が呼んで来いというた相手、いわば客や。その客を痛めつけようとするなんぞ、ろくでもない。野盗の類《たぐい》と一緒や」

「言わせておけば……」

武士が土岐へと摑《つか》みかかった。

「おっと」

すばやく土岐がかわした。

「逃げるな」

怒鳴りながら武士が、続けざまに襲いかかって来た。

「逃げたらあきまへんのか。ほな」

土岐が腰を落とし、近づいてきた武士の目の前に手を突き出した。

「おわっ」

武士があわてて顔を反らした。

「えいやっ」

手で武士の目を遮った土岐が、左足で武士の右足小指のあたりを思いきり踏んだ。

「ぎゃっ」

足の小指は簞笥《たんす》の角にぶつけただけでもうずくまるほど痛い。そこに小柄とはいえ、土岐が全力で体重をかけた。くぐもった音を立てて小指の骨が折れた。

「そっちから手出しをしてきたんでっせ、恨みなはんなや」

土岐が後ろへ大きく跳んで距離を開けた。

「きさまあ……あつう」

激怒した武士が右足に力を入れようとして、重心を崩した。

「面倒やなあ。遠回りせんならんがな」

御所に接している辻とはいえ、さほど広いものではなかった。辻の真ん中に居座られると、橋を横になった蟹のような姿で通り抜けることになる。

下手をすれば、転がった位置から太刀を伸ばせば、抜けようとした土岐に届く可能性もある。

「夕餉が冷めるがなあ」

ぼやきながら土岐は背中を向けた。

百万遍の禁裏付役屋敷で、鷹矢は土岐の来訪を待っていた。

「遅い」

給仕役として鷹矢の側に、控えていた布施弓江《ふせゆみえ》が美しい眉を吊り上げた。

「典膳正さま」

弓江が鷹矢へ顔を向けた。

「夕餉を強請《たか》っておきながら、遅参いたすなど無礼にもほどがございまする。もう、お先におすませになられてはいかがでしょう。あの者には、台所で冷や飯でも賄《まかな》っておきまするゆえ」

「そう怒ってやるな」

鷹矢が弓江を宥《なだ》めた。

「土岐のことだ、なにか足留めされることでもあったのだろう。食い意地のはったあやつのことじゃ、夕餉をすっぽかすことはなかろう」

「典膳正さまは、あの者に甘すぎまする」

弓江が不満を口にした。

「あきまへんで。典膳正はんの前でそんな顔を見せたら。せっかくの美形が台無しですがな」

そこへ息を荒くした土岐が顔を出した。

「なっ、な」

急いで袖で顔を隠して、弓江が絶句した。

「おう、どうかしたのか。息があがっているようだが」

しっかりと鷹矢は土岐の状況を見ていた。

「へんなお侍に絡まれましてん」

土岐が語った。

「おぬしを連れていこうとした……」

鷹矢が首をひねった。

「目的は、あの女のことだろうが……誰の手の者か」

「公家はんで、未だ武家を抱えているとなれば、五摂家くらいでっせ」

「二条《にじょう》か、近衛《このえ》か」

土岐の答えに鷹矢が思いあたる摂関家の名前を口にした。

「違いますやろ」

己から言っておきながら、土岐が否定した。

「しゃべりが優雅やおまへんかったんで」

「京言葉ではなかったと」

「へえ」

確認した鷹矢に土岐が首肯した。

「となると……京都所司代、東西の京都町奉行、諸藩の京屋敷、あるいは……」

「黒田伊勢守はん」

最後を濁した鷹矢に土岐が告げた。

「………」

無言で鷹矢が同意を示した。

「あの女は大事ないか」

「一応、宮家で預かってますよって」

問うた鷹矢に土岐が首肯した。

「今上さまのご実家に手出しするやつはおらぬか」

「公家はもちろん、武家でもなかなかできまへんやろうなあ。もし、手出しをしたとばれたら、今上さまのお怒りを買うのは確実でっさかいな」

土岐が安心だと述べた。

「となると、危ないのは……」

「宮家から御所へ移るときですわなあ。たかが雑仕女の移動に駕籠は使えまへんし、御所からお迎えの人数を出すわけにもいきまへん」

警固は付けられないと土岐がため息を吐いた。

「日時がわかれば、報せてくれ。檜川《ひかわ》を行かせる」

檜川は京に来てから鷹矢が雇い入れた家士である。大坂で町道場をしていたが、稽古が実戦的すぎて弟子が付いて来られず食べかねていたのを、紹介された鷹矢が召し抱えた。

「助かりま」

何度も鷹矢とともに危機を乗りこえ、その実力は十分にわかっていた。

土岐が礼を言った。

「冷めますえ」

夕餉の膳を抱えた南條温子《なんじょうあつこ》が声をかけた。

「おう」

「いやあ、ありがたし」

鷹矢と土岐がようやく夕餉にありついた。

黒田伊勢守は、足を引きずりながら戻ってきた家士にため息を吐いた。

「仕丁に負けただと」

「申しわけございませぬ」

家士が俯いた。

「鏡之介《きょうのすけ》」

「はい」

呼ばれた家士が、そうっと顔をあげた。

「女を連れてくるまで、そなたの士籍を預かる」

「…………」

一瞬鏡之介がなにを言われたのか、わからないといった顔をした。

「……殿」

ようやく飲みこめたのか、鏡之介が愕然《がくぜん》とした。

「今の世は泰平で、武士に剣術は不要といえる。しかし、小者風情に手玉に取られるようでは、話にならぬ」

黒田伊勢守が糾弾した。

「そんな、わたくしの家は代々家士としてお仕えしてきた譜代でございまする。それが、たった一度のことで……」

「その一度が大きい」

泣きつく鏡之介に、黒田伊勢守が断じた。

「なにとぞ、なにとぞ」

「預かると申したであろう。取りあげるとは言っておらぬ」

泣きそうな鏡之介に、黒田伊勢守があきれた。

士籍とは家臣の名簿のようなものである。ここに名前があるものを武士といい、なくなれば浪人、すなわち庶民となる。当然、禄《ろく》は取りあげられ、黒田家とはかかわりのない者として、その庇護は受けられなくなった。

「預かる……ということは」

「女を生かして、余のもとへ連れて参れば士籍はもとに戻してやる。加増もくれてやろう。五石足してやる」

千石内外の旗本の家臣は、用人でさえ五十石あるかないかである。ただの家士だと十石ていどしかもらっていない。そこに五石は大きい。

「……ごくっ」

鏡之介が唾を呑んだ。

「褒賞を付けた以上、制限もしよう。十日、十日以内に女を連れて来れなければ、それまでである。二度と余の前に面を見せるな」

「十日とは短《みじこ》うございまする。せめて一月《ひとつき》」

短い日数に鏡之介が、猶予を願った。

「ならぬ。このご時世に、加増がもらえるなどあり得ぬ僥倖《ぎょうこう》である。多少の無理はして当然のことじゃ」

黒田伊勢守が拒否をした。

「……わかりましてございまする」

がっくりと鏡之介が肩を落とした。

「ああ、十日以内でも、他の者が女を確保したら、それまでである。そなたは帰る場所を失う。奪い返そうとせずともよい」

「承知いたしましてございまする」

女の身柄は一つしかない。それを奪われたら、話はそれまでであった。

「これをくれてやる」

黒田伊勢守が手文庫から小判を二枚取り出した。

「宿へ泊まるもよし、野に伏して、その分の金で人を遣うもよし」

「かたじけなき」

放り投げられた小判を鏡之介が拝んだ。

四

霜月織部と津川一旗の二人も、浪の行方を探していた。

「百万遍ではないのか」

津川一旗が、鷹矢に匿《かくま》われているのではないかと推測した。

「その可能性がもっとも高いが、その割に警固が甘い」

霜月織部が腕を組んだ。

「たしかに、屋敷に遣い手というのは、あの家士しかおらぬ。役屋敷に隣接する組屋敷には与力や同心がおるとはいえ、さほど障害にはならぬ」

津川一旗が同意した。

禁裏付には与力十騎と同心四十名が付属している。とはいえ、江戸から派遣される禁裏付と違い、与力や同心は京に代々住んでいることもあり、武芸など形だけしかやっていなかった。

「一度、試すか」

「ふむ」

霜月織部の誘いに、津川一旗が唸《うな》った。

「攻め入るのは容易だが……」

「東城が許さぬか」

渋る津川一旗に霜月織部が言った。

すでに二人と鷹矢は決別どころか、敵対している。

襲ったところで、顔を見られれば面倒になる。江戸の目付へ訴えられたら、霜月織部と津川一旗は無事ではすまない。

目付は老中支配とはいいながら、その監督を受けず、直接将軍に目通りを願うだけの権を有している。禁裏付の役屋敷を無役とはいえ、御家人二人が襲撃したとなれば、目付が動く。

「越中守さまでも抑えられぬ」

津川一旗が首を横に振った。

「上様と越中守さまの間がの」

うまくいっていないと津川一旗が続けた。

将軍と老中首座の仲にひびが入った。いや、最初から修復不能なほどの傷がある。家斉も松平定信も、その傷を塞《ふさ》ごうとはしていない。

家斉にしてみれば、吾こそ将軍にふさわしいと自負し、なにかにつけて下に見てくる松平定信はうっとうしいし、松平定信にしてみれば策謀のお陰で将軍となれた若造のくせに偉そうだと不満を抱いている。

すでに大御所称号問題で、その傷が開きかかっているのだ。そこへ松平定信の腹心が、京でしでかしたとなれば、家斉がここぞとばかりに攻めかかる。

松平定信にとって、霜月織部と津川一旗は切所になりかねないのだ。

目付に二人が捕まえられても、松平定信は援助の手を差し伸べられなかった。いや、最初から差し伸べようとはしない。

松平定信がまだ田安家にいたころ、田安付として近侍した霜月織部と津川一旗は、その才能に惚《ほ》れて、主として仰いでいる。

とはいえ、武士にとってもっとも大事な家名を断絶させるのは、二の足を踏んでしまう。

「それしかないとなれば、遠慮はせぬが」

無理をして外れれば、無駄死にになる。

「今は探るしかないか」

二人が顔を見合わせた。

桐屋利兵衛《きりやりへえ》は、砂屋楼右衛門の跡目を狙っていた。

「御所へ食いこむのに、闇を握っていれば楽やろう」

朝廷の闇、互いに一つの位を争う公家同士の決着、強引な取り立てをしていた金貸しの始末、そのすべてにおいて闇は大きな力になった。

言うまでもなく、金がなければ闇は動かないが、出すものさえ出せば、背景や事情など関係なく、結果を出してくれる。

さすがに血の交流が濃い五摂家は、闇に頼って好敵手を葬《ほうむ》るまねはしないだろうが、それ以下になると数が多くなり、手の届く官位は遠ざかる。

別段どの官位をもらったからといって、武家伝奏《ぶけてんそう》のように手当がもらえるもののほうが少ないが、長くその席にあり幕府への影響力を持つことができれば、禄が増える可能性もある。

なにより名誉以外に誇るものがない公家である。他家より一つでも上になることが生きがいなのだ。そのためには闇の力を使うことも厭《いと》わない。

「お公家はんたちが過去にやらかしたことを、わたいが握れば、朝廷は思うがままや。御所出入りどころか、今上さま御用達も取れるわ」

御所出入りでも商家としての価値は一気に上がる。しかし、天皇家御用達は別格なのだ。

「今上はんが、桐屋さんの品物をお使いや」

「是非、同じものをいただきたい」

商品の質にかかわりなく、客が群がる。天皇家御用達の名前があるので、粗悪な品物を扱うわけにはいかないが、値段は桐屋利兵衛の思うがままにできる。

「大坂と京、そのどちらでも一番の大店《おおだな》も夢やない」

桐屋利兵衛の目が輝いた。

「それには、浪を手に入れねばあかん」

鷹矢への手出しを頼みに行ったとき、桐屋利兵衛は浪と会っていた。というより、浪と交渉した。

「他にも使い道はあるしなあ、浪は」

闇に染まった者独特の崩れた感じ、そこに豊かな肉《しし》おきも相まって、浪は枯れた僧侶でさえ、男に戻すほどの色気を持っていた。

「閨《ねや》で聞き出すのもええなあ」

桐屋利兵衛の顔が緩んだ。

「しゃあけど……」

一瞬で桐屋利兵衛の表情が引き締まった。

「捕まえな、取らぬ狸の皮算用や」

桐屋利兵衛が思い出すように目を閉じた。

「禁裏付が連れて帰ってた。しかし、役屋敷にはいてへん」

そのあたりのことは、金のある桐屋利兵衛である。人を遣ってしっかりと確認してある。

「なんとかして、どこに匿われているかを探し出さなあかん。金を惜しんでいる場合やない」

一度京の地回りを差し向けたが、失敗している。

「やっぱり、大坂もんやないと使えんなあ」

京でもっとも濃い闇といわれた砂屋楼右衛門も、今回使った無頼も、どちらも鷹矢には勝てなかった。

「出張は高《たこ》うつくけど、大坂から呼ぶとするか」

さらさらと手紙を書いた桐屋利兵衛が、飛脚にそれを託した。

百万遍の役屋敷を見つめる目が増えたことに、檜川は気づいていた。

「一つ、二つ……五つか」

檜川がさりげなく周囲を見回し、見張りの数を確認した。

「一言、注意をさせていただくか」

屋敷へ戻った檜川が、鷹矢のもとへ伺候した。

「……どうした」

弓江に手伝わせながら昇殿のために衣装を身につけていた鷹矢が、檜川に問うた。

「目が増えておりまする」

「ふん。見るものもないというに、ご苦労なことだ」

檜川の報告に、鷹矢が鼻で笑った。

「ですが、それをあやつらは知りませぬ」

「無駄足だと、教えるわけにもいかぬか」

首を横に振った檜川に、鷹矢が嘆息した。

浪を無事に御所へ入れるまで、衆目を集めておくべきである。

「放っておけ」

鷹矢が手を振った。

「殿とわたくしはよろしゅうございましょうが……」

ちらと檜川が弓江を見た。

「警固が足りぬか」

「江戸から人を呼び寄せるわけには……」

悩む鷹矢に、檜川が訊いた。

「急には間に合わぬ」

旗本の家臣に道中手形は要らない。関所も名乗るだけで通れる。それでも京から書状を出し、江戸の屋敷で人選をおこない、京へとなると早くとも二十日はかかった。

「それに、東城の家に遣い手と呼べるだけの者がおらぬ」

鷹矢が大きく息を吐いた。

もともと五百石の東城家は、軍役で十一人の兵力を抱えていなければならないとなっている。だが、そのうち侍身分は二人しかいない。さらにその二人のうち一人は、家政を担当する用人であり、本邸のある江戸から離すわけにはいかなかった。

「雇い入れるとしても、そなたのように信頼できるかどうか」

「ありがたいことでございまする」

信頼していると言われた檜川が喜んだ。

「声をかけてみましょうか」

「知り合いがおると」

檜川の案に、鷹矢が驚いた。

「石清水八幡宮《いわしみずはちまんぐう》でおこなわれまする奉納試合で、知り合った者がおりまする」

「ふむ」

述べた檜川に、鷹矢が唸った。

石清水八幡宮は、平安のころ大安寺の僧侶行教《ぎょうきょう》が九州宇佐《うさ》八幡宮の御霊《みたま》を、この地へ奉じたことに始まる。

後、朝廷から国家鎮護の社《やしろ》として認定され、平将門《たいらのまさかど》の乱ではその調伏《ちょうぶく》を担当、みごと治めたことで、いっそうの崇敬を集めた。

武の神とされる八幡大明神を祀《まつ》る関係上、武士の信仰が厚く、京大坂の武芸者が奉納試合をときどきおこなっていた。

「どのくらいの人数が要る」

「最低で二人は」

鷹矢の問いに檜川が答えた。

「一日いくらかかる」

「あれだけの腕となれば、一日で一両は」

日当を尋ねた鷹矢に、言いにくそうな顔で檜川が告げた。

「二人で一両……、十日で十両か」

鷹矢が眉間にしわを寄せた。

五百石の鷹矢が役高千石の禁裏付に就いた。不足分は八代将軍吉宗の定めた足高《あしだか》によって、年五百俵が支給される。

とはいえ、この支給は、その他の扶持米と同じ扱いを受けるため、年に三度、浅草米蔵から渡された。

しかもその三度も、十月に二百五十俵、二月と五月に百二十五俵ずつと小分けされる。なんとか五月の分はもらっているが、百二十五俵など京への旅路、洛中での生活の費《つい》えなどで、ほとんど遣い果たしている。

「江戸へ送金の手配を申し付けても、やはり二十日はかかる」

実際に金を持って東海道を上ることはないが、東城家から江戸と京に店を持つ商家へ金を渡し、江戸の店から京の店へ金を預かっているという書状を出してもらわなければならない。そして、その書状が京の店へ届いたとの報せを受けて、初めて金を受け取れる。

「だが、このままにはしておけぬ。二度と女二人に怖ろしい思いをさせてはならぬ」

険しい顔で鷹矢が宣した。

「江戸へ書状を出そう」

鷹矢が送金の手配を決断した。

「典膳正さま……」

じっと聞いていた弓江が泣きそうな声を出した。

「そなたが気にすることではない。家中の安全は、主の責である」

鷹矢が弓江の肩に手を置いた。

五

「枡屋《ますや》はどうしている。昨日は来なかったの」

昨日は姿を見ていないと鷹矢が弓江へ問いかけた。

「先ほど、台所でお声がしたように思いまする。しばし、お待ちを」

弓江がすっと立ちあがった。

待つほどもなく、温子に連れられた枡屋茂《しげ》右衛《え》門《もん》が挨拶に出た。

「ご挨拶が遅れましたことをお詫びいたしまする」

枡屋茂右衛門が、廊下に手を突いた。

「大根と蓮根をお持ちくださいました」

温子がいきなり枡屋茂右衛門が、台所へ来た理由を口にした。

「いつもすまぬな」

鷹矢が礼を述べた。

稀代の絵師と呼ばれている伊藤若冲《いとうじゃくちゅう》は、京五条市場の名門青物問屋枡屋の隠居である。鷹矢のことを気に入り、役屋敷の襖絵《ふすまえ》を無料で引き受け、毎日のように顔を出していた。

「いえいえ、ちょっといいのが入りましたので」

枡屋茂右衛門が、手を振った。

「で、なんぞ、わたくしに御用でも」

わざわざ呼んだ理由を枡屋茂右衛門が、質問した。

「枡屋、言いにくいが金を貸してくれ」

鷹矢が借金を申しこんだ。

「おいくらほど」

許諾の前に金額を枡屋茂右衛門が、訊いた。

「二十両頼みたい」

「また微妙な金額でございますな」

枡屋茂右衛門が、苦笑した。

「かならず返せる金額じゃ。今日、江戸へ送金の書状を出す。遅くとも来月の半ばには返せる。利は勘弁してくれ」

鷹矢が述べた。

「……なるほど」

檜川、弓江の表情を見た枡屋茂右衛門が、悟った。

「人を雇う金ということですか」

「さすがだな」

敏《さと》い枡屋茂右衛門に、鷹矢が感心した。

「どうだろうか」

「よろしゅうございましょう。三十両ご用意いたしましょう」

「……多いぞ」

うなずいた枡屋茂右衛門に、鷹矢が驚いた。

「金というのは、足りると思ったより多く要るものでおます」

枡屋茂右衛門が、笑った。

「手紙には二十両と書いてしまった」

「余ったら、そのまま返してもろたらよろし」

「すまぬ」

それ以上はかえって気を悪くさせると考えた鷹矢が謝した。

「いやいや、他人を頼ることを覚えはった。そして、最初に頼ってくれはった。それがなによりうれしいことで」

枡屋茂右衛門が、手を振った。

「頼むぞ、檜川」

「お任せを」

檜川が首肯した。

鏡之介は、相国寺《しょうこくじ》門前町の禁裏付役屋敷を着の身着のままで出た。

「殿のお指図で、しばらく出ております。留守をお願いいたしまする」

隣の長屋の住人に留守を頼んだのは、持ち出すには多い衣類や調度品を捨てる気にはならなかったことと、かならず戻って来ると己へ言い聞かせるためであった。

「女を探せと言われても……顔さえ知らぬのだ」

いまだ痛む右足の小指のせいで、片足を引きずりながら鏡之介が呟《つぶや》いた。

「やはり、あの仕丁を問い詰めるしかないが……一人ではまた逃げられる」

たかが小者と侮《あなど》ったおかげで、手痛い反撃を受けた。

「……二両と二分三朱と波銭《なみせん》が少々」

鏡之介の紙入れに入っているのは、それだけであった。

「人を雇うといったところで、どうすればよいのやら……」

用人などの内政を担当していなければ、武士というのは世間知らずである。口入れ屋のことも知らないのが普通であった。

「そのへんの者に声をかけるわけにもいかぬ」

一日いくら出せば、人が雇えるかを考えたこともない。

「十日か……」

あるようで短い日数であった。

「とりあえず、あの仕丁を見つけなければ。殿のお話によるともう一人の禁裏付東城典膳正さまと親しいと。実際、あの日、百万遍へ向かう途中で見かけた」

鏡之介は百万遍へと向かった。

百万遍は御所の南東、仙洞《せんとう》御所角を下ったところにある。出入り口は正面の表門と南の辻に面した勝手口だけであった。

「親しくしているとはいえ、仕丁は小者だ。表から出入りはすまい」

鏡之介は路地を見通せる位置に陣取った。

長く禁裏付をしている主君を持っていても、家臣の認識はこのていどであった。

仕丁でも天皇の御座所での雑用をおこなうとなれば、初位あるいは八位の官位を持っている。

禁裏付の表門を開けさせるほどではないが、勝手口から出入りさせるわけにはいかなかった。

「握り飯と水筒は用意している」

長屋を出るときに、ありったけの米を炊いて腹一杯にし、余った米をすべて握り飯にしてある。少なくとも今日一日は保《も》つ。

鏡之介が腰を据えた。

一人見張りが増えたことを、霜月織部はすぐに気づいた。

「なんだあいつは」

浪人にしては身形《みなり》がまともである。となれば、どこかの家臣の可能性が高い。

「手慣れていないな」

勝手口を見張ろうとしているのはすぐにわかったが、やり用が稚拙《ちせつ》であった。うまい見張りというのは、まず、己が見つからないようにしなければならない。しかし、鏡之介は、路地の端にある置き石に腰掛けて、通る者をじっと見つめている。

「あれでは、見張ってますと言っているも同然だぞ」

霜月織部があきれた。

「まあ、かかし代わりになるか」

身代わりというか、囮《おとり》というか、そちらに気を向けてもらえば、霜月織部のことまで気が回らなくなる。

「……ふん、言わぬことではない」

一刻（約二時間）も経たないうちに、禁裏付組屋敷から、同心二人を率いた与力が出て、鏡之介へ近づいていった。

「他の連中はどうするかの」

すでに霜月織部は鏡之介への興味を失っていた。

「卒爾《そつじ》ながら」

与力が鏡之介へ声をかけた。

「拙者でござるか」

鏡之介が立ちあがった。

「さよう。さきほどから見ておりましたが、一刻以上動かれる様子もなく、禁裏付役屋敷を見ておられる。貴殿はここでなにをなさっておいでかの」

「人を待っておる」

まちがいではない。与力の質問に鏡之介はすんなりと答えた。

「禁裏付役屋敷にかかわりが」

「ない」

与力の問いにあると答えれば、ちょっと来いになる。今朝までの鏡之介ならば、黒田伊勢守家来だと拒否できたが、ただの浪人となってしまっては逃げようもない。

「いささか気になるので、場所を移っていただきたい」

事情を聴取する理由を失った与力が、鏡之介に頼んだ。

「どこで待とうが、こちらのつごうである」

これもまた、正論であった。

「さようか。ではいたしかたない。辻坂《つじさか》、江宮《えみや》」

与力が引き連れていた同心二人を見た。

「そなたたちもここで立て。一刻ごとに交代してよい」

「はっ」

指示に同心が首肯した。

「なっ、なにを」

「どこでなにをしようとも、勝手なのでござろう」

驚愕した鏡之介に、与力が言い返した。

「……つっ」

目の前に同心二人が立っていては、見にくいだけでなく、動きの邪魔になった。土岐を見つけて、駆け寄ろうとしてもまちがいなく阻害される。

「いたしかたない」

苦い顔で鏡之介が役屋敷のほうへと歩き出した。

「江宮」

「承知いたしましてございまする」

与力に合図された同心が、鏡之介の後を付けた。

「……面倒な」

見つかるように後を付けているのだ。鏡之介はすぐに尾行に気づいた。

「今日は、ここまでか。宿をどうする……」

鏡之介が不安を口にしながら、百万遍を後にした。

鷹矢を御所へ送れば、夕方まで檜川は用がなくなる。

檜川は、日雇いで成りたっている行列を解散させると、百万遍と反対側へ歩き出した。

「財部《たからべ》の道場が近かったはず」

かつて石清水八幡宮での奉納試合で戦った剣術遣いを檜川は思い出していた。

石清水八幡宮の奉納試合は、定期的におこなわれるものではなかった。大坂あるいは京の武術道場が、流派の名前をあげたいと考えたときに石清水八幡宮へ申しこみ、寄進をすることで開催された。

奉納試合をおこなったというだけでも道場に箔《はく》は付く。

それだけに同じ道場の者同士で試合をし、勝負を大きくしない場合が多い。奉納試合は誰でも見られるもので、負けて評判を落とすと逆効果になってしまうからだ。

しかし、稀《まれ》に自信があるという道場が、誰でも事前に申しこんでおけば、参加できるというまさに力試しの奉納試合を開く。

奉納試合をおこなうだけの金はないが、名前はあげたいという道場、あるいは剣術遣いは、喜んで参加を申しこむ。

檜川も七年前におこなわれた奉納試合に参加し、四人の剣術遣いと戦った。

「財部には勝てたが……決勝で負けた」

苦い顔を檜川が浮かべた。

まだあのころの檜川には夢があった。

奉納試合で名をあげて、どこぞの藩のお抱えになる。

仕官できれば子々孫々まで安泰だが、それについてはあきらめていた。なにせ戦がないのだ。ちょっと剣術が遣えるていどの者を召し抱えたところで、役に立たない。剣術指南役にさせればいいと言えばそうだが、藩主が疲れる武の修行を嫌がる時代なのだ。藩士たちもさほど熱心ではない。剣術をやる暇があれば、今の当主が好んでいる茶や俳諧《はいかい》、将棋などを学び、同好の士として目を掛けてもらうほうが、出世に繋がる。

そんなやる気のない連中ばかりなのだ。子々孫々まで禄を払い続ける剣術指南役など、無駄でしかない。

さすがに武家として、剣術を学ばないのは世間体が悪い。ならば丸投げしてしまえばいいのだ。町道場に藩士を通わせ、その人数分の束脩《そくしゅう》を払うほうが安く付く。

なにがいいといって、世襲させなくていい。剣術指南役の息子が、まったく剣を振れなくとも、藩士として召し抱えたなら放逐《ほうちく》するわけにはいかないのだ。

武士の根幹である恩と奉公には、相応に負担と義務が求められる。

だが、町道場ならば、いつでも縁を切れる。

それでも町道場にしてみれば、何々藩出入りという看板は大きい。なにより、よほどのことがない限り、藩士が稽古に来てくれるので食いっぱぐれない。

「何々家所縁の者である」

他にも町奉行所から、難癖《なんくせ》を付けられたときに士分だと言い立てられる。

藩士が教えを請うている道場主が、浪人、すなわち庶民では外聞が悪い。出入りさせてくれている藩は、形だけの扶持米をくれたりして、藩士格を与えてくれる場合がほとんどであった。

「そういえば、十河《そごう》はあの後、淀稲葉《よどいなば》家のお抱えになったと聞いた」

石清水八幡宮に近い淀藩稲葉家は、幕府老中を輩出する名門である。決勝で勝った十河はお抱え道場となり、負けた檜川にはどこからも声はかからなかった。

「当たり前だな」

檜川が苦笑した。

少なくとも淀藩に抱えられた十河には負けたのだ。檜川を抱えたならば、ずっと稲葉家にそのことで誇られる羽目に遭う。矜持の高い大名が、それを辛抱できるはずはなかった。

「殿にお仕えできて、幸せである」

今や檜川は旗本の家臣、淀藩士格の十河よりも身分は高い。なにより、世襲できる禄をもらえている。

「……この辺りの筈だが。ここが中院家のお屋敷……その一筋西南入るに道場があると聞いた……あれか」

ようやく財部の道場を見つけた檜川は、その門を押した。

「静かだな……稽古は休みか」

どことも剣術道場は朝から稽古が始まる。稽古をする弟子たちの気合い、打ち合う音、指導する道場主の声が近隣の迷惑になるほど響いているものであった。

「……開いてるが、まったく人の気配がない」

道場出入りの引き戸に手をかけた檜川は、首をかしげた。

「お邪魔をいたす。財部氏、大坂の檜川でござる」

檜川が声をかけながら、道場に入った。

「誰もおらぬ……これはどういうことだ」

閉め切られた道場の薄暗さに慣れた檜川が、その異常さに息を呑んだ。

「あれはっ……」

檜川が道場の隅でへたりこんでいる人影に気づいた。

「財部……」

あわてて檜川が駆け寄った。

第二章　剣の運命《さだめ》

一

　剣術遣いがその志を失ったとき、大きく分けて二つの末路をたどった。

　一つは剣術への情熱を失い、生きた屍《しかばね》のようになってしまう。もう一つは、今まで身につけた技と度胸を利用して、悪事に走る。

　ほとんどがこの二つの道をたどる。剣術遣いという道を諦めて、普通の生活に戻ることはまずない。

「今日から寺子屋を開く」

「日雇いの人足仕事で糊口《ここう》をしのぐ」

そういった世間の浪人が生きていく方法をすぐにとれるようなら、そいつは剣術遣いではない。

剣術遣いは世間の常識というものさえ忘れ果て、ただ柄《つか》を握ることしか考えない者のことなのだ。

剣を振るうだけの気概を失ったとき、その剣術遣いは死ぬ。

「財部どの……」

檜川は、荒れ果てた道場で一人座っている鞍馬《くらま》古流の遣い手財部を見つめて、呆然《ぼうぜん》とした。

「…………」

財部は闖入者《ちんにゅうしゃ》の檜川に目を向けず、じっとうずくまっていた。

「生きてはいる」

剣術遣いでありえることができた檜川の感覚は常人よりも鋭い。か細いながら、財部の息をする音が、檜川の耳に届いていた。

「落ちたか」

檜川が道場のなかを見回した。

弟子たちが来なくなって、さほどの日は経っていないのか、まだ道場の床に目立つほどのほこりは積もっていない。

「三日というところか」

指で床をこすった檜川が、呟《つぶや》いた。

「あれか」

財部をどうこうする前に、檜川は状況の把握を優先した。

折れてしまった剣術遣いは、朽《く》ち果てるまで同じ姿勢を続ける。いや、動こうとしなくなった。

「おいっ、大丈夫か」

「しっかりしろ」

そんな言葉なんぞ届かない。

「なにがあった」

肩に手を置いて揺さぶっても反応しない。

檜川は何度か、大坂でそうなった剣術遣いを見ている。側にいるだけで周囲を圧する気を発していた大兵の男が、十日ほどで枯れ木のように痩せて死んでいく。

物心ついてから、何十年と積んできた修行が無になった。

何度も何度も死ぬ思いをし、立ちはだかる壁を一つずつ乗りこえたり、潰したりして前へ進み、ようやく達した境地。その境地が、崩されたときの喪失感というのは、容易に人の心を殺す。

「左転流《さてん》の波田《なみだ》だったかな、死ぬ寸前に一瞬だけ正気に戻ったのは」

九州から出てきたという小汚い剣術遣いに、弟子たちの前で両手足を砕かれた波田が、遺言だとばかりに繰り返していたのが、剣術以外も学べというものであった。

「あのときは、負け犬の遠吠えだと笑った」

檜川は大坂にいくつもある町道場の主としては、破格の腕を誇っていた。波田もそこそこ遣えたが、檜川には遠く及ばなかった。

「実際のところたいした腕ではなかった」

波田を粉砕した九州の剣術遣いは、大坂の道場の主《おも》だったところを潰し、その後《のち》、己の道場を開くつもりだった。

ようは開店前に評判を得ておこうとしたのだ。

「試合を所望《しょもう》する。断っても関係ない」

波田が敢《あ》えなくなって、三日目、九州の剣術遣いが檜川の道場を狙ってきた。

「やっときたか」

檜川は待ち構えていた。

両手の数では足りないほどの道場を破った男が、どれほどのものかという興味を檜川は持ってしまった。

「断るものか」

檜川が試合を受けた。

「来い」

「おうよお」

名前も聞かず手招きした檜川に道場破りが、手に持ってきた木剣を振って見せた。

「鉄芯を入れているな」

木剣の勢いで檜川はすぐに悟った。

剣術道場を脅して、金を取ろうという質《たち》の悪い道場破りのなかには、得物《えもの》に仕掛けをしている者がままいた。

鉄芯を入れているならまだいいほうで、なかには目立たないように竹刀のなかに薄刃の刃物を仕込んでいる者までいた。竹刀がかすっただけで、皮が裂け、出血していく。出血は人を焦らせ、体力を奪う。

鉄芯の場合は、当たれば間違いなく、骨が砕ける。防ごうとしたところで普通の木剣が鉄芯に勝てるはずもなく折れる。つまりは一撃で試合が決まってしまう。

「…………」

見抜かれた道場破りが黙った。

「くたばれっ」

なまじ噂になろうと弟子たちのいるときを狙ったのが徒《あだ》になった。

「鉄入り木剣を使う卑怯者」

これがばれれば、今まで手にしていた評判は、一瞬で消える。どころか残るのは、悪口だけである。

もう大坂ではやっていけない。

道場破りが、檜川を恨みから殺そうとしたのは当然であった。

「わかったところで、防げぬわ」

ようは打ちかかれば必勝なのだ。

重い鉄入りの木剣を振り回せる膂力《りょりょく》だけでやってきた道場破りが勝利を確信した。

「当たらなければどうということはない」

力だけで勝てるならば、剣術はやさしい。非力ならばあきらめもつくし、力があれば強くなれる。

そんな簡単なものであったら、剣術は生まれていない。どうにかして己よりも強い者を倒そうと努力して技を作り出し、それを昇華させていく。

たった一つの技を形にするために何十年、何代と手間をかける。だが、その手間が一瞬で壊される。ならば、またと新しい技を考える。

剣術は複雑であり、必勝法などない。

それを道場破りははき違えた。力と鉄があれば、無敵だと。

「力がすべてならば、熊は最強だな」

道場破りの一撃をかわした檜川は、そのまま横をすり抜けながら木剣を小さく振った。

「ぎゃっ」

道場破りが苦鳴をあげて、鉄芯入りの木剣を落とした。

檜川は道場破りの左手首を木剣で叩き、砕いたのだった。

剣術で左手は剣を支える重要な役目を果たす。右手は添えるだけにして、相手に当たる瞬間に締める。こうすることで力が入りすぎて、身体が硬くなるのを防ぎ、疾さが落ちず、瞬間的な力も入る。

ようは左手が使えなくなると剣術はまずできなくなる。

「ああああ」

左手首を押さえてうめく道場破りに、檜川は黙って近づいた。

「……………」

「なにをっ」

気配に気づいた道場破りが、顔をあげた。

「命があるだけましだと思え」

修行すれば右手だけでも剣術は遣える。何年か先、何十年か先、右手だけの技を身につけた道場破りが、復讐に来るかもしれない。そして、そのときも勝てるとは限らない。

「ま、待ってくれ。助けてくれ」

すがる道場破りの右肩を、檜川は砕いた。

「…………」

「ぎゃあああ」

道場破りが絶叫した。

「剣術を商売にするのはいい」

でなければ剣術道場はやっていけない。どれだけ腕が立っても、弟子を集められなければ、道場は潰れてしまう。

「だが、詐術は駄目だ」

こんな偽物に剣術を教わっては、ろくなことにならない。

「人を守るためにこそ剣はある。正邪《せいじゃ》を迷わぬよう、心を鍛えよ」

剣術を精神修養だといったこのような考えを檜川は認めていなかった。

「なにを言おうとも、刀は人を斬るための道具であり、剣術はどうやって人を殺すかの術でしかない。だからこそ、まちがった筋を身につけてしまうと、いざというときに困ることになる」

檜川は弟子たちに、外連味《けれんみ》の技などを教えず、ただまともな修行を課した。

「きつい」

「格好良くない」

泰平の世に檜川のやりかたは受け入れられず、結局道場を潰すことになった。

その檜川が認めた財部が、壊れていた。

二

道場の床をゆっくり確かめた檜川が嘆息した。

「……足跡が三つ」

大きさが違うことで、檜川は道場破りが三人だったと読んだ。

「さすがに三対一は卑怯すぎて、弟子たちも許すまい」

道場から弟子が消えるのは、師匠が弱すぎるか、卑怯未練なまねをするか、御上の手を煩《わずら》わせるようなまねをしたときである。

道場破りが卑怯なまねをしたならば、弟子たちは師匠の側に立つ。少なくとも道場破りがいなくなってから、師匠のことを気遣うくらいはする。

しかし、道場の様子は雑然としすぎているし、財部の身体に手当の跡もなく、食いものが届けられた様子もなかった。

「となると……愛想を尽かされたか」

檜川がため息を吐いた。

「三人に続けて負けたな」

「………」

声をかけた檜川に財部はなにも返さなかった。

「七年前のおぬしならば、よほどの相手でもなければ遅れは取るまいに」

檜川が首をかしげた。

石清水八幡宮の奉納試合で、檜川と財部は対峙《たいじ》していた。そのときの財部は、まさに遣い手というにふさわしい腕を持っていた。

かろうじて檜川の一撃が財部より疾かったことで勝利を得ることはできたが、その試合で精魂を使い果たし、決勝で敢えなく敗退をしている。

「井戸はどこにあるかの。台所の汲み置き水は、いつのものかわからん。ちいと危なかろう」

檜川は財部を置いて、井戸を探しに行った。

「…………」

桶《おけ》に水を汲んだ檜川は、財部のもとへ戻るなり、水をぶっかけた。

「……あふっ」

水をかけられれば、死んでいない限り、なんらかの反応をする。

呆然としていようと、水をかけられたことに気づかなかろうと、頭からかけられた水は、摂理に従って垂れる。垂れた水は当然、鼻や口に入り、むせることになる。

「けほ、けほ」

力ない咳《せき》ながら、財部が喉へ入った水を出そうとした。

「久しいの、財部」

うつろな目で見上げる財部に、檜川が手を上げた。

「…………」

「見えているか」

はっきりとしない財部の目の前で、檜川が手を振った。

「……ううっ」

財部がうめいた。

「飲め」

水を飲まないという修行もあるが、断食よりもはるかに厳しい。檜川が桶を直接、財部の唇に添えた。

「…………」

要らないと財部が首を左右に振った。

「死にたいのならば話を聞いた後、首を刎《は》ねてくれる」

檜川が太刀の柄を叩いて見せた。

「……ああ」

それを聞いた財部が水を飲んだ。

「一息吐いたか」

「ああ」

水を飲み終わった財部が、檜川の声かけにうなずいた。

「それほど強かったのか」

檜川がいきなり問うた。

「強い……だが、勝てぬほどではないはずだった」

財部が小さく首を振った。

「三人と見たが、卑怯な手を使われたのか」

「卑怯には違いないが、弟子どもにはわからぬ手立てであった」

訊いた檜川に、財部が肩を落とした。

「一対一での試合の最中に、残り二人が殺気をぶつけてくるのだ」

「なるほど」

聞いた檜川が納得した。

試合というのは、相手に集中しなければならない。そこに横から手出しをされては、気が散ってしまう。

「殺気だけなら、気づかぬな。弟子たちは」

真剣に剣術を学び、目録、免許、皆伝と登っていこうとする者は別だが、そうでない者は、殺気を感じるほど敏感ではない。

「だが、それならば試合の無効を言い出せたであろう」

「そんなもの、聞くはずもない。待てと言ったならば、怖じ気づいたなとか、卑怯と言えば、逃げる気かと罵られては……」

財部がくっと頭を落とした。

「三人がそろって、言い出せば勝てぬな」

数は力である。

そもそも剣術遣いになろうかという男は、口下手である。無駄口を叩くことなく、ただひたすら剣を振り続けた者だけが、一廉《ひとかど》の剣術遣いになれる。

しかも試合中なのだ。

剣術遣いは剣を振るうことで生きている。つまり、どのような形であれ、剣を持っているときは全力を出そうとする。

それにしゃべりは不要、どころか百害であった。

言葉を発するというのは、息を吐くということであり、息を吐けば、全身の筋が緩む。ようは身体の緊張が解けてしまう。

さらに息を吐けば吸わなければならない。人の身体は息を吸うとき、胸に力が入る。胸が硬くなれば、胸の筋と繋がっている手の筋が引っ張られてしまい、刀を振ったときの疾さと伸びが足りなくなる。

剣術遣いは、腕が立つほど無口になった。

そこへ三人が口々に罵れば、気持ちが萎《な》える。

「そこを突かれたか」

「一人目に籠手《こて》を打たれた。普段ならば一礼して試合を終え、新たな相手と対峙する。それをさせなかった。すでに次の男が木剣を持って、吾を誘ったのだ」

一度そこで財部が言葉を切った。

「口ほどにもない腕だ。このていどで他人を教えられるなど、京の剣術は甘いと」

財部が歯がみをした。

「そうか」

己のことをけなされるのはいい。事実、負けているのだ。弱いと誹《そし》られても当然であり、その汚名を挽回したいならば、勝つしかない。

やりかたが卑怯だとか、尋常ではない試合は無効だとかは、負け犬の遠吠え、引かれ者の小唄になる。

まともな剣術遣いほど、このあたりの機微は厳しい。

「続けて三人にやられた」

「それにしても、弟子が一人も残らぬというのは、いささか不審である」

泣きそうな声の財部に、檜川が首をかしげた。

「弟子の何人かが……こんなに弱い師匠では、束脩の無駄遣いだと騒ぎ出して、唖然《あぜん》としている他の弟子たちを引き連れて……」

「裏切っていたか」

涙を流した財部に、檜川が吐き捨てた。

町道場は弟子の奪い合いである。あらたに道場を開いた者にとって、弟子が来るかどうかは死活問題になる。

弟子の引き抜きはもちろん、師範代の買収など、汚いことを平気でする者もいた。

「どこの連中か、わかっているのか」

「………」

問うた檜川に財部が無言で首を横に振った。

「それもそうか。破れた後は、ずっとそこでうずくまっていたのだからな」

檜川が苦い顔をした。

「で、どうする。道場はもう続けられまい」

「……ああ」

道場破りに負けた道場主に、弟子は付いてこない。当初は今までのつきあいから、通ってくれる者もいるが、すぐに理由を付けてこなくなる。

剣術遣いは常に勝たなければならない。

「このまま朽ち果てるつもりでおる」

「迷惑なまねをするな」

道場で憤死すると言った財部を、檜川が叱った。

「この家は、自前か」

「いいや、借りておる」

「貸家《かしや》で店子《たなこ》が死んで、腐ったとあれば、大家がどれだけ迷惑すると思う」

檜川があきれた。

「……そうであった」

財部が気づいた。

「ならば山へ入り、一人で……」

「狼と熊の餌になると。残念であったな。吾が目のいたらなさを殿に詫びるとしよう。

邪魔をした。迷わず成仏いたせ」

片手拝みのまねをして、檜川が背を向けた。

「と、殿だと」

財部が喰いついてきた。

「大坂の道場を閉めたというのは、噂で聞いていたが……仕官したのか」

「道場は潰したわ。十河に負けたのが痛かった」

訊いた財部に、檜川が告げた。

「どういうことぞ」

財部が身を乗り出した。

「喰っていないわりには元気だの」

その迫力に檜川が笑った。

「飯などどうでもいい」

さっさと事情を話せと財部が迫った。

「……禁裏付東城典膳正さまにお召し抱えをいただいた」

「禁裏付……お旗本か」

公家でもない限り、禁裏付とかかわることはまずなかった。

「うむ。そこで十石いただいておる」

「十石か」

檜川の答えに、財部が驚いた。

十石は四公六民で手取り四石、精米の目減りを入れると一年でおおよそ三両と二分ほどになる。

庶民の一家が一両あれば一カ月十分な生活ができるとされている。

独り者の檜川で、住居は与えられる長屋があり、食事も支給されている今は一カ月の入り用は小遣い銭だけで、一分もあればすんでいる。

「加増のお話もある」

檜川の活躍からすれば、十石は少ない。試用期間としてのものであり、将来は十五石、いや、二十石もあり得ると檜川は胸を張った。

「羨望する」

財部が羨んだ。

「ところで、なにをしに来た。まさか、仕官の自慢か」

「いいや。ちと頼みたいことがあったので、訪ねて来たのだが……ここでは話もできぬ。とりあえず、場所を移そう」

「ああ」

ゆっくりと財部が立ちあがった。

「三日喰っておらぬが、意外と平気じゃの」

思ったよりも財部の衰退は浅かった。

「動かなかったからだろう」

冬眠中の熊も動かぬことで、何カ月もの絶食に耐える。

「……行こうか」

しばらく足腰の動きを確かめていた財部が、檜川にうなずいた。

「その前に、身を清め、着替えてこい。臭うぞ」

「……であった」

鼻をつまんだ檜川に、財部が頭を掻《か》いた。

「用意ができたら、出てきてくれ」

道場奥の居室へと入りかけた財部にそう告げて、檜川は道場を出た。

三

浪の立ち居振る舞いは、かなりまともになっていた。

「さすがは、もと諸大夫はんの娘やな。土台ができている。身を崩していたころにかなり悪い型が付いてしまってたけど、ずいぶんと消えた」

久しぶりに閑院宮家を訪れた土岐が感心した。

「それやったらええねんけど」

浪が安堵の息を漏らした。

まだ浪が身も心も捧げていた砂屋楼右衛門が死んで、一月《ひとつき》にもならないが、思いの切り替えはできているように見えた。

「そろそろ御所へあがろうか」

「ほんまに、ええねんやろうか、妾《わらわ》のようなものが、今上さまのお側にあがるなどいたしても」

土岐の言葉に、浪が自信なさげにまつげを揺らした。

「……かなんなあ。これは今上さまに太っとい釘を刺さなあかん」

「へっ」

首を左右に振った土岐に、浪が小首をかしげた。

「この枯れきった爺でさえ、くらっとくんねん。まだお若い、男盛りの今上さまが、あんたはんを見て、平静であらせられるか不安や」

「そのようなこと……」

語る土岐に、浪が頭を小さく横に振った。

「まあ、過去、処女《おとめ》ではなかった女《おなご》を閨《ねや》へ召された帝もおられたさかい、問題はないっちゅうたらないねんけどなあ。万一お子さまができたときが、面倒や。絶対、あんたはんの過去を探り当てる者《もん》が出てくる。そしてお子さま、宮さまへけちを付けてきくさる」

「…………」

土岐が眉をひそめた。

返答のしようがないのか、浪が黙った。

「はあ、ここで気にしてもしゃあないわな」

大きく土岐がため息を吐いた。

「今上さまが、お望みやったらお側に侍《はべ》り」

「よろしいのでございますの」

浪が驚いた。

「わたくしは悪に手を染めましたし、人も殺《あや》めてます」

「それがどないしてん。それを言い出したら、徳川家は最悪やで。神君じゃ、大権現さまじゃと崇められてる徳川家康公がなにをしてきた。主君やった豊臣《とよとみ》を滅ぼし、逆らう大名を潰した。人を殺した数なんぞ、あんたはんとは桁《けた》が違うで」

うなだれる浪に、土岐が語った。

「違うような気が……」

「一緒や。あんたはんが人を殺めたのは、金のため。つまり私利私欲や」

「はい」

「徳川家康公も己の天下を欲したからや。天下から戦《いくさ》をなくすために、なされたことだと幕府は言うとるけどなあ、とっくに天下から戦はなくなってたんやで。天下を取った太閤豊臣秀吉公が朝鮮へ討ち入ったのは論外やったけど、後を継いだ内大臣秀頼《ひでより》公は、戦をしてへん。関ケ原も徳川のつごうで起こされたもんや。大坂の陣もな。つまりは、豊臣の天下で世間は落ち着いてきていた。それでは徳川家康公のつごうが悪い。最後の下剋上をせんと天下人《てんかびと》になられへんよってな」

「……………」

とんでもない論を口にする土岐に、浪が唖然とした。

「朝廷に属する者はな。すべからく帝《みかど》のためにある。もし、今上さまがそなたを閨にと仰せられたら、決して遠慮はしいな」

「はい」

「その代わり、決して今上さまを裏切ったらあかん」

「それは重々に」

念を押した土岐に、浪が首肯した。

「今上さまは幕府とのことでお悩みや。それを少しでもやわらげることが、あんたはんの罪滅ぼしやと思い」

「今上さまをお支えする」

浪が息を呑んだ。

「お疲れを癒《いや》し、もし今上さまに危難近づくときは、身を呈してお守りする。でけるな」

「…………」

じっと見つめてくる土岐に、無言で浪が決意を表した。

「ほな、引き移る用意をしとき。数日以内に迎えに来るよってな」

浪の答えも聞かず、土岐が離れた。


桐屋利兵衛は、木屋町の茶屋を貸し切って、接待をおこなっていた。

「どうぞ、お気のままに飲み食いをなさっておくれやす。後ほど京女が参りますで、お気に召した者を今宵のお相手になさってくださいな」

「すまぬの。桐屋」

上座に腰を下ろしている初老の浪人が、桐屋利兵衛に感謝の意を見せた。

「指月《しづき》先生に、京までご足労いただきましたんや。これくらいは当然のことで」

桐屋利兵衛が手を振った。

「酒も料理も薄味ながら、いいと思うがの。武芸だけはいただけぬ」

堂々と床柱を背にしながら、指月と呼ばれた浪人があきれた。

「のう、関根《せきね》、小山《こやま》、大戸《おおと》」

指月が右手に膳を並べている壮年の浪人たちへ、同意を求めた。

「まことに」

「情けなき限り」

「あれで遣い手と言えるのでござろう。京とはありがたいところでござる」

関根、小山、大戸が呼ばれた順に、賛同した。

「少しだけ、噂を聞きましたが……」

桐屋利兵衛が詳細を求めた。

「関根、任せる」

面倒そうに指月が、投げた。

「はっ」

盃を置いて関根が、首肯した。

「桐屋どののお話によると、禁裏付の従者がよく遣うとのこと。少し調べれば、そやつが大坂で道場を開いていた檜川某《なにがし》であるとわかりましたのでな。どのていど遣うのかを確かめたところ、かつて石清水八幡宮でおこなわれた奉納試合で次席になったとわかりましてござる。そのときの勝者と剣を交えてみれば、もっともよかったのでございますが、そやつ淀藩の出入りとなっておりましてな」

「淀藩といえば、稲葉丹後守《たんごのかみ》さま」

聞いた桐屋利兵衛が口にした。

「奏者番《そうじゃばん》をお務めである」

「それはよろしゅうございませぬな」

付け加えた関根に、桐屋利兵衛が眉間にしわを寄せた。

淀藩の稲葉家は、春日局《かすがのつぼね》の夫稲葉正成《まさしげ》を祖としている。大奥を創始し、三代将軍家光をその座に就けた功績を持つ春日局の縁者となれば、幕府の扱いが違う。

また、奏者番は譜代大名の登竜門と言われる役目で、これを無事に務めた後、若年寄、大坂城代、京都所司代などを経て、老中へと登っていく。

その稲葉家にちょっかいをかけるのは、避けるべきであった。

「そこで、檜川某とよい勝負を繰り広げた男が、ちょうどよいことに京で道場をいたしておるというのを知り、腕試しを挑んでみましたが……いけませんな。我ら三人を前にしては、手も足も出ぬ。まさに亀」

「関根、亀ならば守りが堅くなければなるまい。あやつは亀ですらないわ」

横から大戸が口を出した。

「さよう、さよう。あれならば、せいぜいが猿。剣術遣いをまねた猿じゃ」

小山も話に加わってきた。

「なるほど、猿でございましたか。さすがは指月先生の高弟の皆様でございますな」

桐屋利兵衛が感心した。

「あやつと好勝負をして見せたというならば、檜川某もたいしたものではございませぬ。まず、先生のご出座を仰ぐことはございますまい」

関根が指月の機嫌を取った。

「うむ。そなたの申すとおりであろうがの。それでは、儂はなんのために京まで来たのか、わからぬではないか」

指月が満足そうに笑った。

「京女をお試しになられれば……」

桐屋利兵衛が指月を見上げた。

「そんなに変わりがあるのかの。女なんぞ、どれでも同じであろう」

「それも含めて、お試しいただければと存じまする。おおい」

笑いながら首をかしげた指月に、桐屋利兵衛が手を叩いた。

「へい」

廊下で待機していたのか、すぐに茶屋の主が顔を出した。

「御一同さまに、妓をな」

「ただちに」

桐屋利兵衛に命じられた主が、首だけ後ろに向けた。

「姐さんたち、お召しやで」

「あい」

主の声に、五人の芸妓が現れた。

「ようこそ。黄菊奴《きぎくやっこ》どす」

「お呼びいただき、おおきに。椿奴《つばきやっこ》と申します」

一度廊下に指を突いて、芸妓たちが挨拶をした。

「さあさ、指月先生、左右に侍らす妓をお選びくださいまし」

桐屋利兵衛が勧めた。

「ふむ。どれもなかなかの美形じゃの。目移りがして困るが、儂の隣は左右だけだでな。いたしかたない。黄菊と楓《かえで》にいたそう」

指月が二人を指名した。

「お声掛かりじゃ。二人は指月先生のお側へな。大坂、いや、天下に鳴り響く剣術の名人さまや。粗相のないようにな」

「あい」

うなずいた二人に桐屋利兵衛が声を潜めて続けた。

「枕まで頼むで。ご機嫌を取り結んでくれたら、花代とは別に心付けを二両ずつ出す」

「…………」

心付けの多さに、黄菊と楓が目を大きくした。

「椿はんらにも言うといてや。そっちはお弟子さんやで一両やけどな」

桐屋利兵衛が心付けに差を付けた。

「任しておくれやす」

「おおきに、旦はん」

もう心付けはもらったとばかりに、芸妓二人が表情を艶やかにした。

「先生、よろしゅうに」

「楓奴どす。ご贔屓《ひいき》を」

すっと二人が指月の隣に腰掛ける。そのとき、黄菊奴は指月の太ももに手を置き、楓奴はさりげなく豊かな胸を押し当てた。

「椿奴どす」

「錦野《にしきの》言います」

関根たちの隣にも芸妓が付いた。

「では、後はお楽しみを」

下卑た笑いを浮かべながら桐屋利兵衛が、宴席を離れ襖を閉めた。

「大丈夫やろうな」

桐屋利兵衛が廊下に控えていた茶屋の主に確かめた。

「へえ。お指図のとおり、舞いも謡《うた》いもでけまへんが、閨技だけは一流というのを用意してます」

茶屋の主が胸を張った。

「それやったら、ええけどな。あの連中、まともやないで。怒らしたら、女の首根っこくらい折りかねへん」

「そんな気にもなりまへんわ。とくに黄菊は西陣の旦那衆が、所司代や町奉行所のお役人を骨抜きにするときに呼ぶ妓ですわ」

桐屋利兵衛の危惧を、茶屋の主が手を振って否定した。

「ほな、頼むで。あの連中がまた来たら、うまいことやってんか。金は儂が払うよって」

「おありがとうさんで」

茶屋の主にしてみれば、遊びのなんたるか、料理の味わいなんぞ知りもしない浪人をあしらうことなど、赤子の手をひねるようなものであり、まさに鴨《かも》が葱《ねぎ》を背負ってくるといった状況であった。

「後は、女の居所だけや」

「女の……」

思わず漏らした桐屋利兵衛に、茶屋の主が反応した。

「しもうたな。聞こえたか」

「聞こえなかったことにしまひょか」

　茶屋や遊郭に勤める者の口は、固い。そうでなければ、客は来てくれないのだ。睦《むつ》言《ごと》で客が妓に自慢したことが、他所へ漏れて商売に差し障りが出たなどとなれば、金のある上客ほど来なくなる。

　もともと遊郭に来て、宴席をして、妓を抱くより、妾を囲うほうが安く付くのだ。なにせ、妾は奉公人であり、いつ来ても、何度抱いても、月々の手当は変わらない。また、抱いた後に心付けをやらなくてもいい。

　来るたびに敵娼《あいかた》だけでなく、宴席の用意をしてくれた男衆、女中、盛りあげるために呼んだ三味線弾き、太鼓持ちなどへ心付けをやらなければならない遊びとは違う。

　もっともこれには、何々屋さんはいつも心付けを多めにくださる。よほどお店が儲《もう》かっているんだろうという、評判を買うという側面もあるとはいえ、馬鹿にならない。

　宴席の料理、酒でも妾宅で用意させれば、半分以下ですむ。

　それでも高い茶屋や遊郭を使うのは、妾では得られない満足というものがあるからである。それが接待であったり、妓の閨技であったり、男衆や太鼓持ちの称賛であったり、それぞれの好みは違うが、そこに遊びの価値を見つけている。

しかし、遊びが本業に影響するとなれば、話は違ってきた。

「そうやなあ」

忘れようかと訊いた茶屋の主に、桐屋利兵衛が思案した。

「ちょっと話をしょうか」

「では、こちらへ」

桐屋利兵衛の要求に、茶屋の主が別室へと案内した。

「お酒は……」

「要らん」

膳を持ってくるかと問うた茶屋の主に、桐屋利兵衛が首を横に振った。

「おまはん、砂屋楼右衛門を知ってるか」

「知ってま」

短く茶屋の主が肯定した。

「死んだのは……」

「最近、姿が見えへんちゅうのは聞いてましたけど、そこまでは」

今度は茶屋の主が逆に問うてきた。

「死にましたんか」

「斬り殺されたんや」

「さようでっか。畳の上で往生できへんやろうとは思うてましたけど、思ったより早かったでんなあ」

茶屋の主が感慨深げに言った。

「その砂屋楼右衛門の女がおったやろ」

「いてましたなあ、すこぶる付きのええ女が」

確認した桐屋利兵衛に、茶屋の主がうなずいた。

「あの女を探しているんやけど、なんぞ伝手《つて》はあるか」

「女は死んでまへんねんな」

桐屋利兵衛に尋ねられた茶屋の主が念を押した。

「ああ。連れ去られたとわかってる」

「誰にでっか」

茶屋の主が重ねて質問した。

「禁裏付や。百万遍のほうの」

「百万遍ということは、若い禁裏付はんですな」

遊所の連中は世間のことに通じている。世間が今どうなっているか、なにが流行《はや》るのか、なにが規制を受けるのか、これらをいち早く察知しないと、やっていけないからだ。

「金は出す」

「やらしてもらいますわ」

桐屋利兵衛が言ったのだ。報酬は大きい。

茶屋の主が引き受けた。

四

南條蔵人のこともあり、二条大納言《だいなごん》治孝《はるたか》は沈黙をしていた。

「おとなしゅうしてんと、まずそうや」

鷹矢を利用しようとして失敗、その後排除に転じてもうまくいかず、逆に近衛や九条といった摂関家に、侮られる羽目になった。

「雅楽頭《うたのかみ》にも言うとかなあかんな」

五摂家というのは、公家のなかでも格別の家柄である。

遠くは天智天皇《てんじ》の覇業を助けた藤原鎌足《ふじわらのかまたり》にまで遡《さかのぼ》り、数えきれないほど天皇家と血を重ねて来た。

まさに朝廷の顔である。

その一つ、二条家がたかが禁裏付という公家でさえない幕府役人に翻弄されたなど、世間に知られては、名声に傷が付く。

「幕府が倒れようとも、徳川に代わってあらたな天下人が生まれようが、二条の家は続くのだ。賀茂《かも》の流れと同じ、未来永劫《えいごう》変わらぬ」

二条大納言は鷹矢から手を引くつもりであった。

「誰ぞ、雅楽頭をこれへ」

家宰を預けている松波雅楽頭を呼んだ。

「出てはります」

留守だと別の家臣が応じた。

「そうか。しゃあないな。戻って来たら麿のもとへな」

二条大納言が命じた。

「お召しだそうで」

半刻（約一時間ほど）して、松波雅楽頭が二条大納言の前に顔を出した。

「成果を上げるまで、その面見せるな」

そう命じられた松波雅楽頭である。

何用とも言わずに呼び出された松波雅楽頭が、おずおずと問うた。

「先日のこと、どないなってる」

「桐屋という商人に頼み、動いておりまする」

「商人を使っているのか。そなたの名前、ひいては二条の名前が表に出ることはないであろうな」

二条大納言が確認した。

「それはございませぬ」

怒られてはたまらぬと必死で松波雅楽頭が否定した。

「ほな、ええわ。それはそのままで行き」

「畏れ入りまする」

松波雅楽頭が安堵した。

「でな、直接禁裏付にかかわるのはしばらく止《や》めとき」

「よろしゅうございますので」

手を振った二条大納言に、松波雅楽頭が驚いた。

「ちょっとな、損得を考えたら、損しかないやろ。徳川に恩を売って、官位をあげるかと思うたが、今上さまのお考えは違いそうや。旗振ったけど、成果は出せずとなったら、目立ったぶん揺り戻しも大きいやろ。成果出ずして幕府からは頼りないと思われ、今上さまからは敵対したと睨《にら》まれる。別段、二条家がどうこうなるわけではないとはいえ、麿一代の間の立身は難しくなるやろ」

「……………」

同意しにくい話だけに、松波雅楽頭が黙った。

「もちろん、いけると思えば、動く。機を見て敏こそ、公家の本領や」

流れ次第では、また手出しをすると、二条大納言が述べた。

「では、わたくしは……」

結局どうしたらいいのか、わからないと松波雅楽頭が尋ねた。

「禁裏付から目を離さぬようにしつつ、家宰の役目を果たしや」

「それは……両方はいささか難しゅう……」

同時に二カ所にいろと言われているに等しい。松波雅楽頭が二条大納言に再考を求めようとした。

「でけへんのか」

二条大納言が松波雅楽頭を冷たい目で見た。

「ひくっ」

松波雅楽頭がその威圧に息を吞んだ。

「下がり」

用はすんだとばかりに、二条大納言が手を振った。

「……………」

主に退出を言われれば、それ以上抗弁もできなかった。

悄然《しょうぜん》として松波雅楽頭が、御前を下がった。

「雅楽頭はん」

呆然としている松波雅楽頭に、二条家の雑仕が声をかけた。

「……………」

「雅楽頭はん、聞こえてまっか」

反応しない松波雅楽頭に、雑仕が怪訝《けげん》な顔をした。

「……ああ、なんや」

ぼんやりとした反応を松波雅楽頭が返した。

「大事おまへんか」

「気にしいな。で、なんや」

気遣う雑仕に、松波雅楽頭が首を左右に振った。

「雅楽頭はんにお目通りを商人が願っておりま」

「商人……誰や」

「桐屋っちゅうとります」

「通し、通してんか」

雑仕から桐屋の来訪を聞かされた松波雅楽頭が顔色を変えた。

「お目通りをお許しいただき、ありがとうございます」

すぐに桐屋利兵衛が雑仕に案内されてきた。

「桐屋、よう来てくれた」

松波雅楽頭が狂喜した。

「どないしました」

桐屋利兵衛が松波雅楽頭の態度に、首をかしげた。

「御所はんから……」

二条大納言から言われたことを、松波雅楽頭が語った。

「大納言さまが、そのようなことを仰せとは、また」

大仰に桐屋利兵衛が驚いて見せた。

「麿の身体は一つしかない。百万遍までは遠《とお》ないけど、ずっと見張っているわけにもいかんやろ」

二条家の屋敷は、御所の北で今出川御門を出たところにある。御所の東南にある百万遍の禁裏付役屋敷とはさほど遠いというわけではないが、それでも歩けば四半刻（約三十分）近くかかった。

「わたくしのことを大納言さまはご存じで」

「商人に手伝うてもらっているとは、お報《しら》せしてる」

桐屋利兵衛に問われた松波雅楽頭が答えた。

「なるほど……」

少しだけ桐屋利兵衛が思案した。

「どないですやろ。禁裏付のことは、わたくしにお任せいただいては」

「ええのか」

渡りに船だと、松波雅楽頭が喜んだ。

「お任せを。その代わり……」

「わかってるがな。御所出入りやろ。それくらいやったら……」

五摂家の家宰は諸大夫でしかないが、その権力は下手な侍従や参議をこえる。松波雅楽頭が少し強めに蔵人頭へ言うだけで、桐屋利兵衛から商品を買わせるくらいはできる。もっとも、それで御所出入りという看板をあげることはできないが、それでも御所に商品を納めているとは言えるようになった。

ようは松波雅楽頭は、一度御所に出入りできるというのを、御所出入りを許されたと誤解させたのだ。

「おもしろいことを言わはる」

そんな言葉遊びに桐屋利兵衛が引っかかるはずもなかった。

「………」

気づかれているとわかった松波雅楽頭が、目を逸《そ》らした。

「天皇家御用達」

「無茶言いな」

桐屋利兵衛の口から出た言葉に、松波雅楽頭が蒼白になった。

「でけまへんか」

「当たり前や。天皇家御用達は、主上がお気に召して、今後もこの品をと仰せになられなあかん」

確かめた桐屋利兵衛に松波雅楽頭が否定した。

「お使いいただけるならば、ただでよろしいで」

桐屋利兵衛が天皇が使うぶんは、献上すると述べた。

「そういうことやない。ただやから、献上品やからというて、主上のお手元にはいかへん。どんなもんかわからんもんにお手を触れられて、なんぞあったら大事や。蔵人はもちろん、仲介した公家も無事ではすまん」

「二条はんでも」

五摂家ならば、問題ないだろうと桐屋利兵衛が訊いた。

「余計あかんわ。五摂家は親戚やけどな、関白という地位を巡って争い続ける運命に縛られているねん。たとえ親子、兄弟でも、それは譲れへん。さすがに血を見るようなまねはせえへんけど、相手の失策を見逃すほど甘くはない」

松波雅楽頭が強く首を横に振った。

「ほな、どないしたら、天皇家御用達になれますねん」

「少なくとも御所出入りを三代以上続け、商品に瑕疵《かし》がないことを誰もが知ってなあかん」

具体的な方法を尋ねた桐屋利兵衛に、松波雅楽頭が告げた。

「三代でっか。それではあきまへんな」

「御所出入りだけで辛抱せい」

嘆息した桐屋利兵衛を松波雅楽頭が宥めた。

「出入りというのは、一回限りでも出入りですわなあ」

「…………」

指摘された松波雅楽頭が口をつぐんだ。

「これやから、公家はんは信用でけへん。もう、よろしいわ」

「桐屋……まあ、落ち着けや」

雰囲気を険しいものにした桐屋利兵衛に、松波雅楽頭が焦った。

「無駄話をしている暇はおまへんねん。では、ごめんを」

「ま、待ってくれ」

背を向けた桐屋利兵衛を松波雅楽頭が止めた。

「言葉遊びはもうよろし」

桐屋利兵衛が冷たく、拒んだ。

「わかった。わかった。もう、せえへん」

松波雅楽頭が詫びた。

「……もう一度だけ、お話を聞きましょ」

小さくため息を吐いた桐屋利兵衛が、振り向いた。

「もし、同じことを繰り返しはるんやったら……桐屋は大納言さまの敵になりますで」

「わ、わかった」

凄まれた松波雅楽頭が首を縦に振った。

五

二条屋敷を出た桐屋利兵衛は、東へと歩を進めた。

「公家っちゅうのは、口先だけで世のなかを渡ろうとしくさる」

桐屋利兵衛が吐き捨てた。

「出した条件が、五摂家の家宰すべてとの話し合いではな」

見捨てられまいと必死になった松波雅楽頭が出した条件が、五摂家の家宰すべてとの橋渡しであった。

「説得もする」

松波雅楽頭が保証した。

「説得せなあかんねんやったら、無意味じゃ」

すべての同意を取りつけてこいと怒鳴りつけたいのを我慢して、桐屋利兵衛は松波雅楽頭の前から下がった。

「紹介してもらうだけやったら、おまえに頼まんでもええ。よほど小判を積んだほうが、早いわ」

桐屋利兵衛が松波雅楽頭を罵った。

「もう、あかんな」

ちらと二条家を振り返った桐屋利兵衛が呟いた。

「御所出入りを公家に頼むのは、ときと金の無駄や。一千五百両もの金を取っておきながら、近衛も動きよらへん」

桐屋利兵衛が嘆息した。

「金で動かんねんやったら、脅すしかないわな」

京へ店を構え、地道に信用を手にし、何代かかけて実績を重ねるという意志は、桐屋利兵衛にはなかった。

「やはり、あの女を手に入れるしかないわ」

桐屋利兵衛が決意した。

鴨川に当たったところで、右へ折れた桐屋利兵衛は、昨夜の茶屋へと向かった。

「邪魔するで」

「へい」

暖簾《のれん》をかきあげた桐屋利兵衛に、茶屋の若い衆が応対した。

「店主はいてるか。桐屋やけど」

「桐屋はん、ただちに」

名乗りを聞いた男衆が、奥へと引っこんだ。

「おいでやす」

茶屋の主が顔を出した。

「上はどうやった」

連れてきた指月たちの様子を問うた。

「機嫌よう帰ったか」

桐屋利兵衛が笑いながら尋ねた。

「とんでもございまへん。帰らはるどころか、部屋から出てきはりまへん」

「なんやとっ。妓はどうなってる」

「もちろん、一緒ですわ」

驚いた桐屋利兵衛に、茶屋の主が苦笑した。

「花代いくらかかるやら」

聞いた桐屋利兵衛がため息を吐いた。

芸妓は基本、置屋に所属する。籍を置くから置屋となったとか、芸妓の着物、三味線などの道具を置いているから、置屋と呼ばれたとか、言われているが、ようは芸妓たちを宴席に派遣するのが仕事である。

基本芸妓は、茶屋に着いてから茶屋を出るまでの時間で料金が変わる。線香一本燃え尽きるまでの時間をいくらと決めるのが普通で、長くなればなるほど加算されていく。

「まったく、かなわんな」

桐屋利兵衛が右手で顔をつるりとなでた。

「そのぶん、働いてもらおうか」

「お部屋へ行かはるんやったら、声をかけてからしばらく待って、襖を開けておくれやす」

二階の客間へ上がろうとした桐屋利兵衛に、茶屋の主が注意をした。

「わかってるがな。二十歳前の若造やあるまいに。なかでいたしているかも知れんさかい、相手が了を返すまで入ったらあかんと言いたいわけやろ」

「釈迦《しやか》に説法でおました」

知っていると答えた桐屋利兵衛に茶屋の主が謝った。

「毛だらけの尻を見せられずにすむとはいえ、籠もっている臭いまでは取れへんから、一緒やねんけどな」

苦く頬をゆがめながら、桐屋利兵衛が階段を上った。

檜川に連れられて百万遍の禁裏付役屋敷に保護された財部は、丸二日死んだように眠った。

「大事おまへんか」

看病を頼まれた南條温子が、檜川に相談した。

「お気遣い感謝いたしまするが、剣術遣いというのは、思ったよりも丈夫でございましてな。息さえしていれば、死にませぬ」

「……ほんまですやろか」

檜川の言葉に温子があきれた。

「目覚めれば、空腹を訴えると思いますゆえ、お手数でございますが、飯を」

「粥の用意やったら、できておりますえ」

温子が檜川の話を遮った。

「いいえ。粥では力が出ませぬ。飯と梅干しを山ほど」

「体調を崩してはるお人は、粥ですやろ」

首を横に振った檜川に、温子が驚いた。

「戦う者でもある剣術遣いは、粥のような力の出ないものでは元気になりませぬ」

「よろしいんか。飢えた者に飯をたらふく食わせたら、胃の腑が破れて死ぬと言いますけど」

「それで死ぬようならば、役に立ちませぬ」

温子の危惧を檜川が一蹴した。

「……むうう」

その一刻ほど後、財部が目覚めた。

「ここは……」

財部が一瞬戸惑った。

「そうか、檜川氏に連れられて、禁裏付さまのところに来ていたのであったな」

しかし、それもすぐに思い出した。

「よく寝た」

財部が身体を起こした。

「起きはりましたか」

気配に気づいた温子が、襖を開けた。

「これは、禁裏付さまのお女中どの」

あわてて財部が浴衣を整えた。

「いかがですやろ」

温子が体調を問うた。

「おかげさまをもちまして、万全とは申しませんが、十分に」

財部が一礼した。

「お腹の具合はどうですやろ」

「……恥ずかしながら、空腹でございまする」

尋ねられた財部が、申しわけなさそうに答えた。

「ご用意しますけど、檜川はんから粥ではのうて、飯を出したってくれと言われましてんけど、ほんまによろしいんで」

「そのようにお願いできれば」

念を押した温子に、財部がうなずいた。

大丈夫かなと思いつつ温子が用意したお櫃《ひつ》一杯の米を、梅干しと白湯《さゆ》だけでたいらげ、人心地ついた財部のもとに、檜川と鷹矢が現れた。

「くちたか」

「ああ。久しぶりに米を喰った気がする。いやあ、米はうまいな」

檜川に声をかけられた財部が笑った。

「生きていてよかったろうが」

「まったくである。手間を掛けた」

言われた財部が、檜川に深々と頭を下げた。

「礼を言うならば、吾が殿にしてくれ」

檜川が身体をずらし、鷹矢と財部を会わせた。

「おおっ」

財部があわてて姿勢を正し、両手を突いた。

「この度は、お世話になりました。深く感謝をいたしておりまする。空鈍流を嗜《たしな》んでおりまする財部逐馬にございまする」

「禁裏付東城典膳正である。もう、よいのか。遠慮は要らぬぞ」

名乗った財部に、鷹矢が応じた。

「かたじけのうございまする」

十分だと財部が、もう一度礼を述べた。

「ならばよし」

満足げに鷹矢がうなずいた。

「お茶を用意いたしまする」

さりげなく温子が席を外そうとした。

「南條どの、悪いが布施どのも呼んで来てくれぬか」

「弓江さまを……わかりましてございまする」

温子が引き受けた。

父南條蔵人のことがあって以来、温子は鷹矢にいっそう気を遣うようになっている。

「女中にていねいな」

財部が不思議そうな顔をした。

「ただの女中ではない。従六位の姫だ」

「えっ」

檜川に囁《ささや》かれた財部が絶句した。

「これくらいで驚いていては、ここでは話にならぬぞ」

おもしろそうに檜川が脅した。

「勘弁してくれ」

財部が震えた。

「参上つかまつりましてございまする」

弓江が温子に伴われて部屋に入ってきた。

「すまぬな。手を止めたか」

「いえ」

鷹矢の詫びに弓江がほほえんだ。

「さて、あらためて紹介をしてくれ、檜川」

「はっ」

鷹矢に言われた檜川が、財部の隣に座を移した。

「剣術道場の主をいたしておりました財部逐馬どのでございまする。わたくしとは、かつて石清水八幡宮での奉納試合で剣を交えたことがあり、腕にかんしては保証いたしまする」

檜川が述べた。

「委細は」

鷹矢が檜川に財部の役目、給金などの事情を説明したかと問うた。

「屋敷に連れてくるまでに、一通りはいたしておりまする」

檜川が首肯した。

「よろしかろう」

鷹矢が檜川を褒めた。

「聞いての通り、おぬしにはこの屋敷の守りを頼みたい。あと、弓江どのと温子どのの外出の警固も頼む」

「檜川氏がいながら、わたくしに声をかけられたということは……敵がいると」

「うむ」

確かめるように訊いた財部に、鷹矢がうなずいた。

「手が足りぬのだ」

「たしかに、檜川氏だけでは殿をお守りするのが、精一杯でございますな」

財部が納得した。

「召し抱えられればよいのだが、御役を免じられたならば、足高《たしだか》を失うのでな」

仕官させるわけにはいかないと、鷹矢が申しわけなさそうにした。

「構いませぬ。あのままでは飢え死にいたしておりましたでしょうし。手当金をいただけるだけでも十分でございまする」

財部がありがたいことだと感謝した。

「では、よろしく頼むぞ」

とりあえず一人は雇えたと鷹矢は安堵した。

「死力を尽くしまする」

鷹矢の依頼を財部が引き受けた。

第三章　戦いの狼煙《のろし》

一

雑仕女《ぞうしめ》を一人増やすにしても、朝廷の厳しい内証では難しい。

「新しい雑仕女なんぞ、不要」

天皇の身の回りを差配する勾当内侍《こうとうのないし》が、土岐の求めを拒んだ。

「しゃあないなあ」

土岐がため息を吐いた。

雑仕女の待遇は悪い。お仕着せの作業衣と板の間で雑魚寝《ざこね》の寝床、雑穀米に漬物だけの食事が保証されているだけで、給金と呼ばれるほどのものはない。

一年に三度ほど、天皇からの下賜という名前の手当が、雑仕女全体に与えられるだけで、ほぼ無給に近い。

それでも雑仕女が足りなくなることはなかった。

下級公家たちにしてみれば、嫁にも出せない娘の行き場として、雑仕女はありがたいのだ。五摂家や名家《めいけ》、羽林《うりん》家などの子女ならば、寄進もできるおかげで姫の寺入りもすんなりと受け入れられるが、単なる口減らしで娘を預けられても困るため、尼寺もいい顔をしない。

さらに出家と違い、雑仕女だと嫁入りやお手つきもあり得る。

なにせ、御所で働いているのだ。出入りしている公家や禁裏付の目にとまらないとは限らないのだ。

事実、雑仕女に目をとめて、側室とした公家もいる。さすがに正室とはいかないが、それでも金銭での援助や出世の後押しをしてもらえる。

待ちが出るほど人気ではなかったが、それでも補充に苦労することはなかった。

「ご負担をおかけするのは本意やないねんけどなあ」

苦笑を浮かべながら土岐が告げた。

「今上さまのご実家、閑院宮さまのお気遣いや。費えは宮家さまで持ってくださる」

「閑院宮さまの……お金も要らへんと。糧《かて》は」

勾当内侍の反応が変わった。

「飯ぐらい出したってんか。一人宮様から差し入れの白米を食わすわけにもいかんやろ」

厚かましい勾当内侍にあきれながら土岐が言った。

「……しかたおへんな」

勾当内侍が、認めた。

「明日、連れてくるわ」

「雑仕女のまとめ役に言うておく」

土岐の言葉に、勾当内侍が告げた。

「ああ、念を押すまでもないやろうけど、下手なまねしたら、宮家が黙ってへんで」

新参いじめなんぞするなよと、土岐が釘を刺した。

「そんなんまで知らん」

勾当内侍が、横を向いた。

「わいも宮家から、御所へ移ってきたくらいは知ってるやろ。毎日とは言わへんけど、御所にはいてる。なんぞあったら、すぐわかるで。宮様から今上さまへ言上なんぞさせんとってや」

「……わかってる」

光格天皇の実家という威を振りかざした土岐に、勾当内侍が嫌そうな顔をしながらも、首肯した。

「ほな、頼むで」

仕丁など、勾当内侍から見れば塵芥《ちりあくた》のようなものでしかないが、不快そうな表情を浮かべるだけで、土岐の気安い態度を咎《とが》めはしない。

宮中の女を支配している勾当内侍のもとには、いろいろな噂が集まる。

光格天皇が、土岐によく声をかけていることを勾当内侍は知っていた。もちろん、土岐が光格天皇となにを話しているかまではわかっていないが、閑院宮家という繋がりを持つ二人の間に、身分をこえた交流があることはわかっている。

「勾当内侍に叱られまして……」

土岐が光格天皇に泣き言を聞かせれば、どうなるかくらいはわかっている。

「気に召さぬわ」

それが三位参議の娘から勾当内侍になった者でも、天皇に嫌われれば役目は続けられない。

御所出入りの商家からの付け届けが多く、勾当内侍を辞めさせられても生涯食うには困らないが、実家が天皇に嫌われるような娘を御所へあげたと責められる。下手をすれば、父が隠居することにもなりかねなかった。

「……面倒じゃえ」

勾当内侍がおしろいを塗りたくった顔に、しわが付くほど頬をゆがめた。


受け入れの準備が整えば、後は移動になる。

土岐は、勾当内侍を脅した後、その足で日記部屋へと足を向けた。

「……あれ」

日記部屋の襖を開けた土岐が、わざとらしい大声を出した。

「うん、なんだ」

その日の締めが来るまですることなんぞない。日記部屋で目を閉じて端座していた鷹矢が、土岐を見た。

「台所と違いましたんや。すんまへん、間違えましてん」

目で合図をしながら土岐が謝罪をした。

「このっ、なにをふざけたことを……」

「間違えたならば、いたしかたなし。行け」

御所の隅々まで掃除をする仕丁が、日記部屋と台所を間違えるはずもない。わざとらしい、ふざけるなと怒鳴りつけようとした雑仕に、鷹矢が許しを出した。

「へえ、すんまへん」

もう一度頭を下げて、土岐が出ていった。

「典膳正はん、あんまりお口出しはせんとってもらえますか」

邪魔された雑仕が鷹矢に文句を言った。

「間違いはしかたなかろう。ちゃんと謝ったしの」

「しゃあけど、御所には御所の決まりというもんが……」

「厠へ参る」

まだ苦情を続けようとした雑仕に、手を振って鷹矢が日記部屋を後にした。

「……すんまへん」

日記部屋近くの厠側で、土岐が待っていた。

「勘弁してくれ。笑いをこらえるので精一杯になったわ」

鷹矢が文句を言った。

「急ぎでしてん」

「いつものように帰宅してからではまずかったのか」

理由を言った土岐に、鷹矢が問うた。

「今日は、残念ながら夕餉をもらいにいけまへんねん。用意をせんならんので」

「明日か」

土岐の話で、鷹矢が浪のことだと気づいた。

「へい」

「刻限は」

うなずいた土岐に鷹矢が問うた。

「朝、早いうちに」

新参者が昼前に顔を出すなど、先達に喧嘩を売っているも同じである。

「檜川はんに無理をお願いできまへんか」

土岐が申しわけなさそうに頼んだ。

檜川には鷹矢の行列を警固するという役目がある。それに間に合わせるには、夜が明けきらないくらいには、禁裏付役屋敷を出てもらわなければならなくなる。なにせ閑院宮の屋敷は桂《かつら》にある。百万遍から桂まで来て、浪を連れて御所へ、そしてもう一度百万遍へ戻り、鷹矢の昇殿の供をするのだ。

「心配するな。明日の朝、夜明けごろに檜川を行かせる」

「助かりますわ」

土岐が頭を下げた。

「気にするな。こちらも助けてもらった。少しは返しておかねば、気分が悪い」

鷹矢が手を振った。

「だが、油断はするなよ。檜川がどれだけ遣えるといったところで、数で来られれば、守り切れぬ」

「へい。重々」

忠告した鷹矢へ、土岐が首を縦に振った。

やり過ぎだと桐屋利兵衛から苦言を呈された指月一行が、木屋町から百万遍へと移動していた。

「まことよい女であった」

歩きながら指月が顎を右手でなでた。

「ご相伴させていただき、わたくしどももよき思いをさせていただきましてございまする」

関根が追従《ついしょう》した。

「うむ。さすがは桐屋じゃの。手配に遺漏《いろう》がない」

指月が満足げに笑った。

「しかし、もう少し遊ばせてくれてもよいものを」

一転して指月が不満を口にした。

「まだ一人は、反応していたのだぞ」

「先生、また女を壊されたのでございますな」

関根があきれた。

「壊す気などないのだがな。十回ほどで気を失うとは、京女は弱い」

「……はあ。すさまじい」

指月の言いぶんに小山が嘆息した。

「さて、多少足りぬが、腰は軽くなった。久しぶりに見せてやるか」

「おおっ、先生の腕を拝見できるとは」

「まさに奇瑞《きずい》」

弟子たちが歓喜した。

「どこか、適当な道場は……」

指月が周囲を見渡した。

「調べておりますぞ」

小山が任せてくれと告げた。

「この辻を右に曲がって四軒目に町道場がございまする」

「強いのか」

「神道無……」

「強いのかと訊いておる」

説明しようとした小山を指月のいらだつ声が遮った。

「評判は、高《たこ》うございまする」

「ならば……」

小山の返事を聞いた途端、指月が駆け出した。

「お待ちを」

「先生」

あわてて弟子たちが追いかけた。

「ぎゃっ」

「ぐえっ」

関根たちが道場に入ったとき、すでになかは地獄になっていた。

「な、なんだ、きさまは」

有無を言わさず、いきなり襲いかかってきた指月に、道場主が呆然とした。

「道場破りぞ。さあ、殺し合おうぞ」

「おかしいのではないか。道場破りならば、尋常の試合を……」

「常在戦場こそ、武芸の真理であろう」

首を左右に振る道場主に、指月が真顔で言った。

「武芸狂いめ」

「狂わずして、なんの剣術遣い」

非難する道場主に、指月が口の端をゆがめた。

「間に合った」

「先生の剣さばきが見られる」

関根たち弟子が、真剣な目をした。

「吾が弟子たちはどうした……」

道場主が、関根たち以外の人影がないのに気がついた。

「邪魔なので、寝させた」

関根がなんでもないことのように言った。

「なんだとっ……おいっ」

床に目をやった道場主が大声をあげた。

十人をこえていた弟子たちが、すべて床に倒れていた。

「なにをしたあ」

道場主にとって、弟子は吾が子のようなものであると同時に、飯の種でもある。道場主が激怒したのも当然であった。

「助けてやったのだ。才能もないのに、稽古という無駄でときを費やすという悪習慣からな。人の一生ははかない。剣術より、他のことをしたほうが、意義あるではないか」

小山が嘲弄《ちょうろう》した。

「なにより、才能がないとわかっていながら辞めさせず、束脩をむさぼるあくどい師範との縁を切ってやったのだ」

関根も挑発した。

「きさまらあ」

道場主の顔が赤黒く染まった。

ここにいる者が弟子のすべてではないが、道場へ躍りこんできた無頼から、稽古に来ていた者を守り切れなかったとなれば、剣術を教える者としては終わる。それこそ荷物をまとめて、近所中へ次第が聞こえる前に夜逃げすることになる。

「許さぬわ」

今まで何十年をかけて築いてきた経歴、実績、信用のすべてを奪われた道場主が、怒りのままに、指月たちと戦うと決意したのも当然であった。

「よいの。その殺気」

指月が嗤《わら》った。

「先生、拙者にやらせてください」

「儂の獲物に手を出す気か」

興奮した小山に、指月が低い声で応じた。

「……出過ぎましてございまする」

小山が汗を流しながら退いた。

「死ねっ」

指月の目が己から逸れた瞬間を、道場主は見逃さなかった。

「見事な判断じゃが……」

頭を狙ってきた木剣を、指月が打ち上げてはじき、空中で切っ先を回すようにして落とした。

「………………」

左の首根を打ち据えられた道場主が、声もなく崩れた。

「敵《かな》う相手かどうかを見抜くだけの技量はなかったの」

指月が嘆息した。

二

檜川は目立たないように夜が明ける前に、百万遍の禁裏付役屋敷を出た。

「…………」

もちろん表門ではなく、勝手口を使った。

「早すぎる」

だが、かえって注意を引くことになった。

鷹矢の行動を見張っていた霜月織部が、檜川の異常に気づいた。

檜川は鷹矢の家士として、その昇殿の供をしなければならない。当然、朝は屋敷に控えておらねばならず、出歩くことは今までなかった。

若い男だけに、抜け遊びの可能性もあるが、さすがに京の遊所でもこんな早朝にやっているところはなかった。

「…………」

無言で霜月織部が、檜川の後を付けた。

「従者が……」

霜月織部だけではなかった。

桐屋利兵衛に雇われて、禁裏付役屋敷を見張っていた地回りも見逃さなかった。

「お報せじゃあ」

地回りは、霜月織部とは別の方向へと走っていった。


檜川は十二分な遣い手である。

どれほど気配を殺していようとも、背後に付けてくる者があれば気づく。

剣術遣いというのは、いつ襲われるかわからないからだ。

一人前と呼ばれるようになるには、毎日の素振りや、型などの稽古が欠かせないのは確かである。だが、それだけでは、あるていどのところで、進歩は止まる。

まさに畳の上での水練でしかなく、実際に水に触れずして、泳ぎというのは理解できない。

剣術では、それが試合になる。

それも道場で同門同士がおこなう、稽古試合では駄目であった。同門同士だと、どうしてもそこに情や遠慮が入ってくる。

となれば、どうするか。

遠慮の入る余地のない他流試合をした。

他流試合と言えば、聞こえはいいが、その実状は道場破りでしかない。

負ければ、二度と剣が握れないほど痛めつけられ、勝てば無事に帰らせないように多人数で潰しにかかる。

なにせ道場の名誉がかかっている。負けたという噂が拡がれば、道場がやっていけなくなるのはもちろん、そこで学んだ者まで嘲笑されることになる。

だが、それを破る者もいた。何倍もの敵に囲まれても、悠々と勝ち続けられる実力を持った者が出てくる。

「甘いの」

師範から師範代、弟子たちを打ち破り、堂々と道場の看板を持ち去る。

「お待ちあれ。修行のお話などお聞かせいただきたい」

目端の利く道場主だと、師範代が負けたあたりで道場破りを奥の間へと誘い、酒を呑ませて二分から一両という金を、足代として渡して勝負を避ける。

師範は負けなければいい。負けてはならない。

しかし、その手が通じない、あるいはその気遣いをしなかったなどで、師範まで倒されることもある。

そういったとき、道場の評判を守るために、道場主は闇討ちを選択する場合があった。

闇討ちは、背後から襲うだけでなく、ときによっては弓矢などの飛び道具も使ってくる。

そもそも闇討ちは卑怯《ひきょう》なものであった。どのように襲い来るかなどわからない。

「…………」

身に覚えのある剣術遣いは、目に見えない背中にこそ注意する。

卑怯なまねをしているとわかっている闇討ちだけに、目を合わせたくないのだ。まあ、正面から挑んで勝てるならば、道場の看板を取られることなどなかった。

檜川も大坂に道場を開く前、諸国を巡りながら数えきれないほど、道場破りをしてきた。

「参りましてございまする。何卒、一手ご指南をいただきたく」

もちろん、全勝できたわけではなかった。

幸い、相手の技量を見抜くだけの力はあったので、師範を見ただけで負けを認め、教えを請うたおかげで、痛めつけられずにすんだ。

ただ、勝ちすぎてしまった経験もある。

結果、闇討ちに遭ったこともあった。

「……なかなかだな」

付けて来ている者の気配の消しかたに、檜川が感心した。

「朝でなければ、気づかなかったかも知れぬ」

早朝過ぎて、道にはまだ人の姿がほとんどない。

付けて来ている者以外、気配を発する者がいないため、かすかな揺らぎでしかなかった霜月織部の動きに、檜川の背筋は反応した。

「宮家まで連れていくのは、まずいな。撒《ま》いたところで、浪を連れて御所へ行くときがな」

今、ここで撒くことはできる。しかし、それこそ、このあたりに何かあると教えることになるし、辛抱強く待っていれば、浪と土岐を連れている檜川を見つけるのは、さほどの難事ではない。

「やるか」

檜川が途中で始末することを決意した。

「…………」

決断した檜川は、四辻に当たったところで足を止め、わざと周囲を気にする素振りを見せた。

「……おっ」

すばやく霜月織部が身を隠した。

周囲を確認した檜川が、すっと辻を右へと入っていった。

「目的の地は近いのだな」

檜川の行動を見た霜月織部が呟いた。

「よしっ」

霜月織部が、足音を消して辻の角へと近づいた。

「……どこだ」

檜川の位置を確認しようと霜月織部が、辻の角から頭の半分だけを出した。

「えっ」

その角で檜川が太刀を抜いて大上段に構えていた。

「………」

無言で檜川が太刀を落とした。

「おわっ」

避けようとしたが、檜川の太刀は霜月織部の横鬢《よこびん》を削った。

「くおお」

痛みに苦鳴をあげながら、霜月織部が後ろへ跳んだ。

「おぬしだったか」

檜川が、すばやく後を追って現れた。

「きさまああ、なにをしたのかわかっているのか。拙者は幕府家人である。陪臣ごときが、このようなまねをして、無事ですむと……東城にも責めは及ぶぞ」

霜月織部が怒りのままに叫んだ。

「幕府家人……拙者は後を付けてくる不審な者へ、対応しただけでござる」

檜川は動じなかった。

「そのようなこと、誰が信じる。御家人の言葉が重い」

「では、どうやって、吾がその傷を付けられたのか、説明していただこう」

「うっ」

檜川に求められた霜月織部が詰まった。

横鬢を打つということはままあるが、そのほとんどは横薙《な》ぎを避け損ねてか、大上段を受け損ねてになる。

横薙ぎだと、刃は水平に近い傷を造る。垂直に近い傷となれば、上段からになる。

そして、上段で横鬢を削がれたならば、真下になる肩が無傷はありえなかった。

「所司代さまへ、ご一緒なさいますか」

「こやつっ」

霜月織部が檜川を睨みつけた。

「幕府家人を襲えば、理由はなんであれ……」

「…………」

　まだ御家人という権威を振りかざそうとした霜月織部を無視して、檜川がふたたび無言で襲いかかった。

「くっ」

　さすがに油断していない。霜月織部は、再度後ろへ跳んで避けた。

「そうはいかさぬ」

　同じように前に出て、檜川が間合いを空けさせなかった。

「逃がす気はないぞ。ここで片付けておくのが殿のためだと、拙者の勘が申しているのでな」

「生意気なことを」

　霜月織部がようやく太刀の柄へ手を伸ばした。

「はあっ」

　檜川が気合いを発しながら、前へ踏み出した。

「くっ」

　出鼻をくじかれた霜月織部が柄から手を離し、檜川の動きを見つめた。

「なかなかに遣うようだが、食いこまれたことはなさそうだな」

その対応から、檜川は霜月織部の弱点が、押しだと見抜いた。

「…………」

答えず、霜月織部が太刀を抜こうとした。

「そうやっ」

そこへ檜川が大きく踏みこんで薙いだ。

「うおっ」

またも太刀を抜けず、霜月織部が後ろへ下がった。

「己より弱い者ばかり相手にしてきたな」

檜川がさらに霜月織部の弱みを突いた。

「だまれっ」

霜月織部が、大声を出した。

「のんびりしていていいのか、怪我の血は止まっておらぬぞ」

頭から流れる血は、下手をすれば目に入り、視界を奪う。さらに血が流れ続ければ、体力も失ってしまう。

「くそっ」

言われた霜月織部が、思わず傷口へ手をやった。

「……りゃ」

片手とはいえ、動かす。その行動は重心をわずかながらずらす。その隙を檜川は見逃さなかった。

一気に間合いを踏みこえて、霜月織部へと肉迫した。

「しまった」

霜月織部があわてて上げかけた手を柄へ戻そうとした。

「遅いわ」

檜川が太刀を突き出した。

「がっ」

咄嗟《とっさ》に柄へ向けようとしていた左手で霜月織部が、檜川の突きを防いだ。太刀が霜月織部の左手に食いこんで止まった。

「いかぬ」

急いで檜川が太刀を戻した。このままでは太刀を左手で押さえられているようなものだ。有利が一気に逆転しかねない。

「つうう」

太刀が抜けていく痛みに呻きながらも、霜月織部が合わせて引いた。

「……覚えておれ」

霜月織部がそのまま背を向けて逃げ出した。

「逃がしたか」

太刀を抜くために後ろへ重心を移した檜川は、一瞬遅れた。

「刻限も近い。ここまでだな」

檜川が霜月織部の追撃をあきらめた。

三

閑院宮典仁親王《すけひとしんのう》は、朝焼けの空を縁側から見上げていた。

「土岐よ。今上さまを頼むぞよ」

「はっ」

庭で拝跪《はいき》している土岐が応じた。

「望まずして、高御座《たかみくら》に昇った祐宮《さちのみや》じゃ。苦労をしておろう。わかっていても孤《それがし》では、なにもしてやれぬ」

宮家は政に口を出さないのが慣習とされている。そして宮家が天皇に拝謁《はいえつ》を願うのも、そう簡単ではなかった。

「宮さま……」

父として息子を案じる閑院宮典仁親王の思いを土岐は感じていた。

「称号などどうでもよいのだ。人の格なぞ、主上かそれ以外かの二つしかない。征夷大将軍であろうが、百姓であろうが、どちらも朝臣である」

閑院宮典仁が、昇り始めた太陽に目を眇《すが》めながら言った。

「だが、そこにしか値打ちを認められぬ者もおる。土岐、祐宮を守ってやってくれ」

「吾が身に代えましても」

土岐が頭を垂れた。

「女、そなたはその身に帯びた罪を忘れるな」

変わらず空を見ながら、閑院宮典仁が浪へ矛先を変えた。

「人が人を害するというのは、人の、そして御仏の道に反する。生涯、その業《ごう》は消えぬ」

「………」

土岐の後ろで平伏している浪が俯《うつむ》いた。

「しかし、罪を贖《あがな》うことはできる。今後は他人のために生きよ。罪は消えずとも、心の傷は塞がる」

閑院宮典仁が、ゆっくりと目を浪へ降ろした。

「二度といたすでないぞ。人倫にもとるようなまねをな」

「お言葉心に刻みまする」

浪が額を地面にこすりつけた。

本来、土岐や浪の身分で宮家に直答することは許されない。それがなされたのは、あくまでもこれは目通りではなく、日の出を見に来た宮家の独り言という体《てい》を取っているからである。

「救うてやってくれ、祐宮を」

「畏れ多いことでございまする」

己を見ながらの一言に、浪が震えた。

「迎えが遅いの」

閑院宮典仁が門のほうを見た。

「間もなく参りましょう。夜明けとの約束でございましたゆえ」

土岐が答えた。

「禁裏付の力を借りるとは、なんとも不思議なことよなあ」

「今までの禁裏付とは違いまするので」

感心する閑院宮典仁に、土岐が苦笑した。

「そなたが気に入るというだけで、けったいな者やとはわかるが……幕府の意向に刃向かうとは、歴代でも初めてであろう。おもしろいの」

口のなかで閑院宮典仁が笑った。

「宮さま……」

土岐が笑いごとではないと口を尖《とが》らせた。

「良いではないか。これほどおもしろいことはないぞ。旗本が禁裏の味方をし、老中に逆らう」

楽しげに閑院宮典仁が続けた。

「一度、連れて参れ。顔を見てみたい」

「無茶を仰せになられては困りまする」

禁裏付は朝廷目付で、宮家も監察の対象だとはいえ、実際にどうこうした記録はない。というより、禁裏付が宮家に招聘《しょうへい》されたことなどないのだ。

もし、閑院宮典仁の希望通り、鷹矢をここに連れてきたら、京は大騒ぎになる。

土岐が手を振って否定した。

「祐宮、いや今上さまはご高覧あそばされたというではないか。今上さまと会ったのであれば、宮家などなにほどのことがあろう。それともなにかの。そなたと今上さまだけで、孤をのけ者にいたすつもりか」

閑院宮典仁が拗《す》ねた。

「……はあ。今上さまのご性格は、まちがいなく宮さまでございまするな」

大きく土岐がため息を吐いた。

「親子じゃからの」

もう一度明るく閑院宮典仁が笑った。

「わかりましてございまする。なんとか、機を設けまする」

「よしなにの」

折れた土岐に、閑院宮典仁がうれしそうに述べた。

「来たようでございまする」

合図の小石が庭の隅へ落ちる音がした。

「うむ。行け」

手を振って、閑院宮典仁が屋敷のなかへと戻っていった。


待ち合わせといっても、陪臣が閑院宮家を訪ねるわけにもいかなかった。いかに他人目が少なかろうとも、出入りは目立つ。

小石を投げ入れた檜川は、屋敷の前で待った。

「……遅かったでんな」

閑院宮典仁にからかわれた不満を土岐が嫌味として檜川にぶつけた。

「申しわけない。後を付けて来た者がおったのでな」

檜川が詫びと理由を語った。

「そいつはどないしました」

すっと土岐が周囲へ目を飛ばした。

「逃げられたが、当分まともに動けぬほどの傷は与えた」

経緯《いきさつ》を檜川が伝えた。

「あいつでっか」

土岐が苦そうに頬をゆがめた。

「味方として、心強いお方でしたけどなあ」

「……ああ」

二人とも霜月織部に助けられたときのことを思い出していた。

「昨日の友は今日の敵ですなあ。わたいらはそうならんようにせんとあきまへんな」

言い回しを逆に使いながら、土岐が檜川を見た。

「是非ともそう願いたい」

檜川も同意した。

「だが、貴殿が敵に回ったときは、手を抜かぬぞ」

「手加減しておくれやす。わたいが檜川はんを典膳正はんに紹介したんでっせ」

土岐が苦情を申し立てた。

「武士は主君の命に従う者である」

檜川が首を横に振った。

「相変わらず、固いなあ」

土岐が嘆息した。

「………」

浪がうなずいた。

「ほな、行こか」

黙って遣り取りを見ていた浪を土岐が誘《いざな》った。

「はい」


地回りは、桐屋が京に出した店へと駆けこんだ。

「旦那を」

「待っとり」

桐屋利兵衛が地回りを雇ったと京店の奉公人は知っている。すぐに、桐屋利兵衛のもとへ報せがいった。

「朝早うから、どないしてん」

起きたばかりだったのか、まだ浴衣姿の桐屋利兵衛が顔を見せた。

「早うに申しわけおまへん。禁裏付役屋敷に動きがございましたので、急ぎお報せを」

地回りが見てきたことを述べた。

「そうか。あの従者が離れたか。よし」

桐屋利兵衛が手を打った。

「ようやった。褒美は明日でも渡すわ。今は、忙しい」

地回りを褒めた桐屋利兵衛が急いで奥へ入ると、あっという間に着替えて出てきた。

「ちいと出かけてくる。九平次《くへいじ》、店をしっかりと見いや」

出店の責任者である九平次に指示を出して、桐屋利兵衛が走り出た。

「好機や」

桐屋利兵衛が興奮していた。

鷹矢を襲った桐屋利兵衛は、本人よりも檜川を気にしていた。いや、檜川だけを警戒していた。

「禁裏付はたいした腕やあらへん」

商都とはいえ、新参者がのし上がっていくためには、かなりの無理をしなければならない。

投機に近い表での商い、脅しに近い言動、そして邪魔者の排除である。脅しに近い言動と邪魔者の排除は同じように思えるが、その実態は全く違った。脅しに近い言動は、家に火を付けるくらいはするが決して命まで奪わない。しかし、排除は違った。言葉どおり、この世から排除するのだ。

死人は生者に何一つ手出しできない。

この手を桐屋利兵衛は多用した。おかげであっという間に、大坂でも指折りの大店になった。

「伏見屋はんが、堂島川に浮いてたらしい」

「またかいな。桐屋と争ってた店の主が、へんな死にかたしたのって、伏見屋はんで何人目になる。片手では足りひんで」

もちろん、噂にはなる。だが、証拠はなに一つないし、しっかり大坂町奉行所の役人たちには鼻薬を嗅がせてある。

咎めを受けることはないが、世間の見る目は冷たい。桐屋利兵衛が京に固執《こしゅう》するのは、大坂の居心地の悪さも原因であった。

そんな桐屋利兵衛だけに、人の強さを見抜く目は確かである。桐屋利兵衛は、鷹矢を侮ってはいないが、道場を開けるほどではないと踏んでいた。

「指月先生」

桐屋利兵衛が、またも別の女と同衾《どうきん》していた指月の部屋へ、許可も取らずに躍りこんだ。

「なんや、桐屋。まだ、夜明けたばかりではないか。ようやく先ほど寝たところなのだ」

同じことを弟子がやったら、有無を言わさず殴り飛ばしているし、刺客や無頼の類ならば、首をへし折っているが、さすがに金主相手では、馬鹿なまねはできない。

指月が不満を漏らすだけで我慢をした。

「出番でっせ」

「……おい、弟子ども」

桐屋利兵衛の一言で、指月の雰囲気が変わった。

「はっ」

すさまじいまでの気迫が入った招集に、関根たちが直ちに集まった。

「出陣である」

「おう」

立ちあがった指月が身支度を調え、弟子たちもそれぞれの用意に散った。

「……臭いな」

桐屋利兵衛が異臭に気づいた。見れば、指月の相手をしていた妓が、さきほどの気迫に当てられて失禁していた。

「さすが、浪速《なにわ》の鬼」

「桐屋」

感心した桐屋利兵衛に、指月が腰に両刀を帯びながら声をかけた。

「なんでございましょう」

桐屋利兵衛が小腰を屈めた。

「この仕事を終えたら、大坂へ帰る。京の女の具合はいいが、高くとまりすぎじゃ。

大坂の妓のなれなれしさが懐かしくなった」

「新町遊郭天神茶屋の一つを、三日貸し切りましょう」

「五日だ」

要望に応えた桐屋利兵衛に、指月が条件を上乗せした。

「よろしゅうございましょう。その代わり、今後ともにわたくしの敵には回られませぬようにお願いいたしまする」

指月の言いぶんを呑む代わりに、桐屋利兵衛も条件を付けた。

「そちらが、敵にならぬ限りな」

指月が認めた。

「先生、どうぞ、お出ましを」

用意ができたと、関根が促した。

「うむ」

指月が閨を後にした。

四

禁裏付役屋敷は、奥で与力、同心たちの組屋敷と繫がっている。

「…………」

その間を仕切る扉を前に、鷹矢が思案していた。

「いかがなさいました」

夫とすべき鷹矢が起きているのだ。弓江や温子が横になっているわけにはいかない。

弓江が、鷹矢に問うた。

「ここを閉めるか、開けるかをな」

「なぜでございましょう」

弓江が鷹矢の悩みを聞いて、首をかしげた。

「足手まといか、援軍かわからぬ」

鷹矢は配下の与力、同心とほとんどかかわっていない。というより、向こうもかかわってこようとしなかった。

そもそも禁裏付は江戸の旗本が十年という長きにわたって、赴任する遠国役である。朝廷目付といえば聞こえはいいが、実際なにもすることなく、ただ、端座するだけの毎日を過ごすのみという閑職であった。

公家を捕縛するための戦力として与力と同心を従えてはいるが、そんな面倒なまねをしたいはずもなく、赴任したときに顔見せをした後は、ほとんど交流がなくなる。ましてや、まだ赴任してきて数カ月という鷹矢である。与力の顔と名前、同心の顔くらいはわかっているが、どのくらい武術に長《た》けているかなどわかっていなかった。

「……またでございますか」

それだけで弓江が、鷹矢の懸念の原因を悟った。

「ああ、檜川の留守を見逃すとは思えぬ」

「…………」

鷹矢がうなずいた。

無言で弓江が扉を閉め、閂《かんぬき》をかけた。

「布施どの」

「知られるわけには参りませぬ」

驚いた鷹矢に、弓江が静かに言った。

「典膳正さまが、またも襲われたなどと、配下の与力、同心とはいえ知られるわけには参りませぬ。たとえ、相手が悪くとも襲われただけで、失点になりまする」

「……………」

弓江の言葉に、鷹矢が黙った。

役人の出世には限度があった。これは、身分や家禄という縛りも影響しているが、なによりも、上に行けば行くほど席が少なくなるからである。

旗本の頂点ともいえる留守居役は五名、そこまでいかずとも町奉行は二名、勘定奉行も三名ていどと定員は決まっている。

そこにいたるには、他人よりも優れた能力を持ち、努力を重ね、功績をあげ続けなければならない。いや、それは当たり前のことであり、上を狙う者は全員、そうしてきている。となれば、どうやって優劣を付けるか。

権力者との繋がりか、偶然という運か、努力以上のものが要る。

だが、そのすべてを持っている者でも、他人から足を引っ張られればそれまでであった。

「あれは、某が拙者をはめるために……」

「それをさせぬように抑えられなかったとは、存外そなたもできぬの」

「よい迷惑である。そなたと親しいなどと思われては、余も侮られる。今後の出入りは遠慮せよ」

罠に落とされてから、泣きついても権力者は冷たい。縁を切られるだけですめばいいが、足手まといだとして、潰されることもある。

東城家も代々使い番や大番組などの役を与えられてきている。鷹矢もいわば役人の血筋なのだ。そのあたりの機微には敏《さと》い。

鷹矢は弓江がなにを言いたいのかを、正確に把握していた。

「財部を」

「はい」

鷹矢の求めに、弓江が応じた。

宿を出た指月たちは、風のように走った。

「町が目覚める前に片付ける」

京も大坂も、物見高いという点では甲乙が付けがたい。

なにか騒動があれば、たちまち野次馬が集まってくる。刺客業をしていると世間に知られては困る指月たちからしてみれば、日が暮れてから夜明けまでが、最高の舞台になる。

しかし、今回は檜川の留守という条件のほうが大きいため、夜明けから半刻（約一時間）ほどという、あまりうれしい状況ではないが、やむを得なかった。

道場破りは剣術遣いとして当たり前の行為なので、たとえ相手を殺したとしても町奉行所は動かないが、さすがに禁裏付役屋敷を襲撃したとなると、黙ってはいない。

すばやく終えて、身を隠すと指月が指示を出した。

「はっ」

不摂生な生活を送っていながらも、弟子たちは息も切らさず走り続け、四半刻（約三十分）かからずに百万遍へ着いた。

「門が開いている……」

指月が唖然とした。

「蹴破られても面倒だ」

武家にとって門というのは、面目に等しい。門が焼ける、破られるなどすれば、本人になんの罪がなくても、なにかしらの咎めがくることがあった。それを鷹矢は嫌って、門を半分ほど開いて待ち受けることにしたのだ。

「先生……」

「罠だな」

小山の伺うような声に、指月が断言した。

「あの扉で見えないところに、槍を持った者どもがおるに違いない」

指月がそう読んだ。

「どうしてわかったのでございましょう」

なぜ、ばれたのだと関根が怪訝な顔をした。

「まさか、桐屋が我らを売った……」

「それはない。先ほど脅したが平然としていた。もし、我らを罠にはめようとしていたならば、かならず動揺を見せたはずだ」

関根の懸念を指月が一蹴した。

「それに、桐屋は我らの恐ろしさをよく知っている。罠を仕掛けて全員殺せればいいが、一人でも逃がせば己が死ぬことになるともな」

指月が首を左右に振った。

「偶然ということは……」

「甘い考え、己のつごうのよい思考は、吾が身を滅ぼすぞ」

口にした小山を指月が叱った。

「罠があるとして、どう攻めるかを考えよ。用意が無駄になったら、それはそれでよいのだからの」

「はっ」

指月の教えに、弟子たちがうなずいた。

「小山、地を這うようにしてなかへ入れ」

もっとも小柄な弟子を指月が指名した。

「承《うけたまわ》って候《そうろう》」

小山が首肯した。

「三歩遅れて、我らも突っこむ」

「おう」

指月の指示に二人の弟子が応じた。

「よし、行け」

小さく指月が手を振った。


襲撃を予想していた鷹矢は、中途半端に開いた門の奥、外を見渡せる玄関、そこに置かれた目塞ぎの屏風《びょうぶ》に身を潜めていた。

「どうやら来たようだな」

指月たちの姿に鷹矢は気づいた。

「典膳正さま」

隣で控えている財部が、声を震わせた。

「どうした」

「あの者どもでございまする」

問うた鷹矢に財部が告げた。

「そうか。ならば、十分に思い知らせてやらねばならぬな」

鷹矢が財部を鼓舞した。

「……はい」

一瞬の間を置いて、財部がうなずいた。

「来まする」

小山が走り出したことに、財部が反応した。

「あまり得手ではないが……」

横に置いてあった弓を鷹矢が手に取った。

「座射は、難しい……の」

座りながら矢をつがえた鷹矢が、機を見計らって放った。

「……当たらぬか」

放った矢は、小山が姿勢を低くしたことで外れた。

中途半端に門を開けたのは、このためであった。通れる範囲を狭くすることで、弓矢の的にしやすくなる。

「弓矢は止めじゃ」

外れた矢は門を出て、少しのところで地に刺さっている。今回は誤射していないが、的に当たらなかった矢が、外へ流れて思わぬ被害をもたらす可能性もある。一矢を放って、鷹矢はそのことに気づいた。

「うおっ」

目の前に矢が突き立った。関根が思わず声をあげて、足を止めた。

「やるの」

指月が感心した。

「そのために門を開いたか。策も使えるとは手強そうじゃ。皆、気を引き締めよ」

「…………」

警告に弟子たちは、応答しなかった。

「どういたした。まさか、矢ごときに竦《すく》んでいるのではなかろうな」

「と、飛び道具は卑怯でございましょう」

あきれた指月に、大戸が述べた。

「我らがそれを口にするか」

冷たい目で指月が大戸を見た。

「…………」

大戸が沈黙した。

「卑怯未練を口にするなら、吾がもとから去れ」

厳しく指月が叱咤《しった》した。

「申しわけございませぬ」

腰を深く曲げて、大戸が謝罪した。

「禁裏付の首をもって、詫びとしてやる。行けっ」

指月が大戸の背中を叩いた。

五

弓への注意で手間取ったため、わずかなことだが先陣を切らされた小山と、本陣たる指月たちとの間《あいだ》に、間が開いてしまった。

「お任せいただく」

財部が小山へと立ち向かった。

「りゃあ」

真剣勝負に名乗りも、構えも意味はなかった。

少しでも早く剣をぶつけて、相手を仕留めたほうの勝ちになる。命の遣り取りに、他のものが立ち入る隙はなかった。

「なんの」

転がった勢いを利用した小山が、立ちあがろうとした。

しかし、低い姿勢を維持するため、転がったときに自らの刀で怪我をすることがないよう、太刀を鞘《さや》に納めたままだったことが、対応に穴を生んだ。

「遅いわ」

急いで太刀を抜こうとした小山に、財部の一撃が吸いこまれた。

剣術道場で主をしていた財部である。真剣を人に向けても、手が縮むことも、臆することもなかった。

「くわっ」

首を振ってかろうじて致命傷は避けた小山だったが、右肩から腕へと深く斬られた。

「ああああ」

小山が太刀を捨てて、傷口を押さえながら、絶叫した。

「こ、小山」

警戒しながら門を潜《くぐ》った大戸と関根が、仲間の惨状に息を呑んだ。

「止まるな、矢の的ぞ」

後ろから指月が、二人に注意を与えた。

「は、はい」

「承知」

固まったときは声を出す。声を出すのは息を吐くことになり、身体の筋が緩む。

指月に言われて二人が、動き出した。

「人斬りには慣れさせたが、突然のことへの対応は教えていなかったな」

ため息を吐きながら、指月がゆっくりと門のなかへ足を踏み入れた。

「財部、下がれ」

三対一になっては勝負にならないと、鷹矢が財部を呼び戻した。

「……ですが」

「戻れ。広いところで多数を相手にするな」

恨みのある連中の一人を倒して意気をあげた財部が渋るのを、鷹矢が強く命じた。

「……はい」

鷹矢は主君ではないが、雇い主である。その意向を無視するのはまずい。

財部が、玄関まで戻って来た。

「逃がすか」

「待て」

無頼など、弱い者ばかり相手してきた連中は、相手が逃げれば嵩《かさ》にかかってくる。

関根と大戸が、背を見せた財部を追った。

「くそっ」

「……………」

玄関を上がって、屛風《びょうぶ》の裏へと回られては、追いかけられなくなる。玄関も板戸一枚分しか開いておらず、隠れた部分にどのような罠があるかわからない。

先ほどの矢は、鷹矢が思った以上の効果を指月たちに及ぼしていた。

「家士は出かけていたはずだ」

悠々と歩いて近づいてきた指月が、鷹矢に声をかけた。

「もう一人、雇ったのだ」

鷹矢が答えた。

「なるほど。桐屋も甘いの」

指月が納得した。

「はて、そやつどこかで見たような……」

財部に目を移した指月が首をかしげた。

「えっ」

「先生がご存じ……」

大戸と関根が、あらためて財部を見た。

「たしかに……」

「覚えはござる」

だが二人とも思い出しはしなかった。

「そうか。そうか。そのていどの者でしかなかったのか」

財部が低い声を出した。

「下長者町《しもちょうじゃまち》の道場を忘れたか」

「……下長者と言われても、京の者ではないからな」

詰問した財部に、関根が手を振った。

「…………」

　無言で財部が怒気を発した。

「ふうむ。どうやら、我らに敗れた道場の者らしいな」

　大戸が推測した。

「どこの道場かなど、一々覚えておらぬの。五つほど潰したのでな」

　関根が笑った。

「我らに敗れたのだろう。それほどの腕前ではあるまいに、またもや我らの前に立ちはだかるとは、命が要らぬと見える」

　大戸が嘲弄した。

「ああ、たしかに一度は敗れた。それを否定はせぬ。負けは負けじゃ。だが、今度は勝つ」

　財部が宣言した。

「大人しくしておれば、命までは失わなかったものを」

「死ね、彼我《ひが》の力の差をわからぬ愚か者が」

　道場破りで一度勝利しているとわかった途端、大戸と関根の態度が大きいものに変わった。

「きえええ」

控えていろと言った鷹矢の命を忘れて、財部が大戸に斬りかかった。

「させぬよ」

大戸に伸びた財部の切っ先を、関根が弾いた。

「りゃあ」

力任せに太刀を懐へ戻した財部が、そのまま突き出した。

「おうっ」

関根のお陰で余裕のできた大戸が、これを避けた。

「ちっ」

必殺の形を崩された財部が呻《うめ》いた。

「しゃっ」

そこへ関根が斬りつけた。

「……くらうか」

財部が身体を回して、これを避けた。

「合わせるぞ、大戸」

「おう」

関根と大戸がうなずき合った。

「右から参る」

「ならば、拙者は左から」

「なにが左右じゃ」

己の立ち位置で左右というのは変わる。

財部が関根と大戸の掛け合いを偽りだと見抜いた。

「むっ」

大戸が苦い顔をした。

「行くぞ」

関根が太刀を振りあげた。

「よし」

あわてて大戸も太刀を上段に構えた。

「一、二……」

関根が合図を口にした。

「待つものか」

財部が合図を待っている大戸に斬りかかった。

「はまった」

大戸が財部の一撃を受け止めた。

「くたばれっ」

一瞬とはいえ、止められたことで勢いを失った財部は、対処ができなかった。

「はっ」

そこへ鷹矢が割りこんだ。いや、玄関鴨居に飾られていた槍を手に取って、関根を突いた。

旗本は戦場で徳川家の中核をなす者である。そして戦場では、刀より弓矢、槍が重要とされていた。

かつて徳川がまだ松平と言っていたころ、近隣でもっとも武名高かった今川義元《いまがわよしもと》の異名が海道一の弓取りであった。また、武士の家柄を槍一筋と称することからもわかるように、武士の表芸は、弓矢、槍、そして剣の順番とされている。

ただ、泰平に弓矢も槍も持ち運びの邪魔になる。そのため、剣術が盛んとなったのである。とはいえ、旗本の当主は、槍が遣えなければ困る。鷹矢も槍の稽古は、剣よりも早く始めており、一通りは遣えた。

「ぐっ」

腰を突かれた関根が、苦鳴を漏らした。

槍は狙ったところより下に当たると言う。これは柄が長いため、重い穂先がしなってしまうという意味と、狙いの位置がずれやすいというところから言われた。そのため、槍は少し高めを突くとされているが、初めて槍を実戦で遣った鷹矢は、そのことを失念し、背中の中央を狙った一撃が、腰近くに当たった。

「かたじけなし」

関根の一撃を喰らわずにすんだ財部が感謝した。

「くわあああ」

腰に穴を開けられた関根が、最後の気力を振り切って立ちあがろうとした。が、力が入らず、ひっくり返った。

「往生いたせ」

落ち着いて鷹矢が関根の胸へ穂先を喰らわせた。

「いかぬな」

門を入ったところで様子を見ていた指月が呟いた。

「禁裏付一人だと思っていたのもあるが、弓や槍を持ち出す度胸があるとは、思案の外であったわ」

弓や槍は、町中で遣いにくい。まちがえば他人に被害を及ぼしかねないからだ。

「…………」

するすると指月が前に出た。

「おのれがあ」

「なんのう」

大戸と財部が争っているところへ、指月が近づいてきた。

「邪魔はさせぬ」

鷹矢が槍をりゅうりゅうとしごいて見せた。

「……面倒な。そのままかかってきてくれれば、けら首を飛ばしてくれたものを」

指月が舌打ちをした。

槍は間合いが長い。剣で相手にするには、その懐へ飛びこまなくてはならない。しかし、穂先が無事である限り、槍は間合いのなかで無敵である。

指月はわざと近づくことで、鷹矢に槍を突き出させ、そこを一刀のもとに断ち斬るつもりであった。

「おまえを近づけぬのが、吾の役目なり」

鷹矢は牽制《けんせい》に専念した。

「むう」

だが、牽制か本気かは、やってみるまでわからない。

「やっ」

「はっ」

突き出すたびに鷹矢は、殺気を籠《こ》める。

指月は、そのすべてに反応をしなければならなかった。

「…………」

金で雇われた刺客ほど、命を惜しむ者はいなかった。

生きて戻らなければ、仕事の金ももらえないし、その金を遣うこともできない。死んでしまえば、二度と酒も呑めぬ、女も抱けぬ。

指月が鷹矢の槍と真剣に戦おうとはしなかったのは、そこにあった。

「しゃあ」

師範のやる気がないことに、大戸が気づいた。そうなれば、己も生き延びたくなる。

大声を出して財部を圧しながら、大戸が踏み出した。

「ふん」

弟子たちを教えていると、追い詰められた者は、乾坤一擲《けんこんいってき》に賭けることが多い。

大戸の行動を読んでいた財部が、合わせるように足を出し、上からつま先を踏みつけた。

「ぎゃっ」

痛みで大戸の動きが止まった。

「このていどだったとはな。気づかなかった己が情けない」

先日の醜態を反省しながら、財部が大戸の首を刎《は》ねた。

「あああああ」

噴き出す血とともに、大戸が死んだ。

「……これはまずいな」

指月がため息を吐いた。

「また今度じゃ」

するすると後ろへ下がって間合いを空けた指月が、転がっている小山の隣で止まった。

「まったく……」

ぼやきながら指月が小山の喉に止《とど》めを入れた。

「なにをっ」

「きさまあ」

鷹矢と財部が仲間殺しに唖然とした。

「次は儂が勝つ」

そう言い残して、指月が逃げ出した。

「あっ」

気を呑まれてしまった鷹矢が、追いかけようとしたがもう遅い。

指月の姿は、鷹矢の目の届かないところへ消えていた。

「はははは、やったぞ」

愕然とする鷹矢の隣で、財部が関根たちの遺体を前に快哉《かいさい》を叫んでいた。

第四章　名と武と金

一

霜月織部を排除した檜川は、無事に御所まで浪と土岐を送り届けた。

「助かりましたわ」

「…………」

土岐が礼を言い、浪が黙って頭を垂れた。

「いや、務めを果たしたまででござる」

檜川が手を振った。

「では、拙者はここで」

御所の門前で、檜川は二人と別れた。

無位無冠の檜川は、御所の門を潜るわけにはいかない。

「あらためて、後ほどお邪魔しますと典膳正はんにお伝えを」

「しかと承りましてございまする」

伝言を受けたと檜川がうなずいた。

「ほな、これで」

「かたじけのう存じまする」

土岐が手を上げ、もう一度浪が頭を下げて、二人が門の向こうへと消えていった。

「よし、急ぎ戻らねば」

一人になった檜川が百万遍目指して、早足になった。

「……あれは、東城典膳正さまの家士」

禁裏付役屋敷の代わりに御所を見張っていた鏡之介が、見ていた。

「ということは、今、御所へ入っていった女が、それか」

鏡之介は浪の顔を見ていた。

「お報せせねば……」

急いで鏡之介は、相国寺の黒田伊勢守のもとへと走った。

すでに黒田家を放り出されてから、六日過ぎている。黒田伊勢守から与えられた金も、もう残り少ない。ここで黒田伊勢守に手柄を認めてもらえないと、生きていけなくなる。

「お目通りをいただきたい」

「お、おう」

必死の形相で迫る鏡之介に、相国寺禁裏付役屋敷の門番が気圧《けお》された。

「一応、伺ってくれるが、ならぬときはあきらめて去れ」

すでに鏡之介が放逐されたと知っている門番が念を押した。

「………」

じりじりしながら待っている鏡之介のもとに門番が帰って来た。

「お目通りを許される。ただし、家中の者ではないゆえ、玄関脇の供待ちでじゃ」

供待ちとは、黒田伊勢守に会いに来た主の供をしてきた家士や小者など、身分軽い者が待機する小部屋のことである。

水を入れた甕《かめ》と柄杓《ひしゃく》しかなく、土間と簡素な板の腰掛けが置かれているだけと粗末な扱いしかされなかった。

「……わかった」

一瞬、鏡之介は不満を見せかけたが、ならば帰れと言われては元も子もない。

「付いて参れ」

「わかっている」

「当家の者でないのだ。自在にさせるわけなかろうが」

案内は不要だと言った鏡之介に、門番が言い返した。

「……すまぬ」

かつての同僚の扱いに、鏡之介が愕然となった。

「腰のものを預かる」

供待ちの前で、門番が両刀を外せと手を出した。

「…………」

武士の両刀を預かるのは無礼千万であった。太刀はやむを得ないにしても、せめて差し添えたる脇差は残すのが礼儀である。

なれど逆らうことはまずい。指示に従わなければ出ていけと言われては困るのだ。

黙って鏡之介は両刀を差し出した。

「待っていろ」

そう言い残して、門番が鏡之介を供待ちへと押しこんだ。

「なぜに拙者がこのような……」

あまりの情けなさに、鏡之介が涙を流した。

待つこと小半刻、ようやく足音も高く黒田伊勢守が現れた。

「急な報せがあると申したな。典膳正を討ちでもしたか」

不機嫌な顔で黒田伊勢守が問うた。

「ご無沙汰をいたして……」

「余計な口は利くな。用件を申せ。朝が忙しいくらい、わかっておろうが」

挨拶をしようとした鏡之介を、黒田伊勢守が遮った。

「も、申しわけありませぬ」

鏡之介があわてて謝罪をした。

「不要じゃ」

「は、はい。では……女を見つけましてございまする」

さらに機嫌を悪くした黒田伊勢守に、鏡之介が急いで告げた。

「あの女の居場所を見つけたと申すか」

「さようでございまする。先ほど」

「でかしたぞ。で、どこにおる。やはり典膳正のところか」

一転して機嫌を良くした黒田伊勢守が訊いた。

「いいえ。百万遍ではなく、御所でございまする」

「御所だと……まことか」

「はい」

確かめた黒田伊勢守に、鏡之介が首肯した。

「話せ」

「先日より……」

命じられた鏡之介が、今までの苦労をこめて経緯を語った。

「であるか」

黒田伊勢守があっさりと流した。

「で、女の名前と御所での居場所は」

「それはわかりませぬ」

尋ねられた鏡之介が首を左右に振った。

「なんじゃと」

ふたたび黒田伊勢守の機嫌が悪くなった。

「わ、わたくしでは御所に入れませぬ」

鏡之介が言いわけを口にした。

「むっ」

黒田伊勢守が詰まった。

「顔は見たのだな」

「よく覚えておりまする。髪は後ろに垂らし、腰の辺りで括《くく》り、身の丈は五尺（約百五十センチメートル）に足りぬほどで、肉《しし》おきは豊か。顔は眉薄く、鼻筋がとおり……」

「止めよ」

細かく説明をし出した鏡之介を黒田伊勢守が制した。

「聞いたところで、わからぬ。それにあてはまる女など、京にどれだけおるか」

人相を説明されたところで、面影を脳裏に浮かびあがらせることは困難であった。

「特徴だけでいい。目の下にほくろがあるとか、首筋に痣《あざ》があるとか、一目で見分けの付く特徴を申せ」

「……えっ」

鏡之介が詰まった。

「どうした。まさか、なにもないと申すのではなかろうな」

「…………」

答えを持たない鏡之介が黙った。

「この愚か者が……」

「ひえっ」

黒田伊勢守に怒鳴られた鏡之介が、小さく悲鳴をあげた。

「まったく役立たずな」

「お言葉ではございまするが女に特徴がないのは、わたくしのせいではございませぬ」

鏡之介が反論した。

「それはそうだが……いや、そうじゃ。なぜ、その女を見つけたときに捕まえなかった」

納得しかけた黒田伊勢守が、鏡之介を責めた。

「警固が付いておりました」

「……警固だと」

「東城さまの家士が、女を見送っておりました」

「典膳正の家士がか。やはり、典膳正が匿っていたか。おのれ」

聞かされた黒田伊勢守が怒りを露わにした。

「女の格好はどのようであった」

黒田伊勢守が思い出したように質問した。

「雑仕女のような格好をしておりました」

宮中の雑用をおこなう最下級が雑仕女になる。掃除や台所の雑用などをおこなうため、美しい衣装を身につけず、上下に分かれた麻の生成《きな》りの薄衣を着用することが多かった。

「禁裏務めか、それとも宮家か」

黒田伊勢守が首をひねった。

雑仕女は御所だけでなく、宮家にも配置される。また天皇や中宮の寵愛深い朝臣、女官に与えられることもある。

御所に入っていったからといって、禁裏詰だとは限らなかった。

「見張りましょう」

鏡之介が、女の出入りを見張ってどこの者か確認すると申し出た。

「そうよなあ……無駄になるかも知れぬが……」

御所務めであれば、禁裏から出てくることはまずない。見張ったところで無駄であった。

「二日じゃ。今日と明日の二日だけ見張れ。いや、見張るだけではいかぬ。余のもとへ連れて参れ」

「東城さまの家士が同行しておるときは……」

おずおずと鏡之介が、黒田伊勢守の顔色を窺《うかが》った。

「なにを申すか。きさまも同じ武士であろう」

「わたくしは剣を得手としてはおりませぬ」

黒田伊勢守に言われて、鏡之介が泣きそうな顔をした。

「ならば槍でも弓でも、どれでもよいぞ。武は武家の嗜《たしな》みであろう」

「……………」

鏡之介が俯いた。

「とにかく、今日明日じゃ。連れて来られたら、約束通り、そなたの復帰を認めよう」

話は終わったと、黒田伊勢守が供待ちを出ていった。

「あっ……」

手を伸ばしかけた鏡之介が、肩を落とした。

「御用は終えたのであろう」

すぐに門番が供待ちへ来て、鏡之介を出ていけと急かした。

「……………」

無言で鏡之介は屋敷から出ていった。

二

檜川が役屋敷へ帰ったとき、すでに争闘は終わっていた。

「これはっ……」

門を潜った檜川は、玄関前の惨状に絶句した。

「殿っ」

檜川が草鞋を履いたままで、御殿に飛びこんだ。

「……檜川か。落ち着け」

玄関側の座敷で休んでいた鷹矢が声をあげた。

「ご、ご無事で」

「無事だから、落ち着けと言えるのだ」

焦る檜川に、鷹矢が苦笑した。

「財部がよく働いてくれたわ」

「いいえ、わたくしは」

座敷の隅でうなだれていた財部が、身を小さくした。

「なにがあった」

檜川が厳しい声で財部に問うた。

「……だったのだ」

財部が刺客二人に挟まれて危なかったところを、鷹矢に救われたと正直に述べた。

「大馬鹿ものが」

檜川が財部の胸ぐらを摑んだ。

「なんのために、おまえは殿の側にいたのだ。殿のお身体を守るためであろうが」

「恥じ入る」

財部が頭をより深く垂れた。

「今までのおぬしならば、そのような失敗はせぬはずだ」

「……あのときの道場破りだったのだ」

理由を訊いた檜川に、財部が答えた。

「なんだと、道場破りが刺客だったのか」

聞かされた檜川が驚愕した。

「あやつらの顔を見た途端、頭に血がのぼってしまって……」

「……ううむう」

檜川がうなった。

「しかし、しかしだな。今のおまえは道場主ではなく、殿の警固役である。その警固役が……」

「そこまでにしてやれ。財部がいてくれたからこそ、どうにかなったのはまちがいない」

鷹矢が檜川を押さえた。

「なれど……いえ」

まだ言い足りなさそうだったが、鷹矢の仲裁を無にするわけにはいかない。

檜川が引いた。

「ところで、そちらはどうであった」

「…………」

報告を求めた鷹矢に、檜川が財部を気にした。

「もう、一蓮托生《いちれんたくしょう》だ」

鷹矢が財部をのけ者にしなくていいと言った。

「なれば……」

檜川が、霜月織部が後を付けて来たこと、そして途中で迎え撃ったこと、あと少しのところで逃げられたことなどを報告した。

「霜月が出てきたか」

「かなりの傷を負わせましたので、当分動きはとれぬと推察いたしまする」

檜川が胸を張った。

「ご苦労である。しかし、霜月は一人ではない。津川と繋がっている」

難しい顔を鷹矢が見せた。

「すぐに連絡がいくと」

「おそらく、霜月と津川は、同じ宿にいるだろう」

尋ねた檜川に、鷹矢がうなずいた。

「来ましょうや」

「まず来るまい。不意討ちとはいえ、霜月が大傷を負わされたのだ。一人で無理をするほど愚かではない」

「では、どうすると」

「霜月の手当が終わって、命に別状がないとわかったならば……」

檜川の質問に、鷹矢は一度言葉を切った。

「……江戸へ向かうだろう」

「江戸……松平越中守さま」

鷹矢の推測に、檜川が息を呑んだ。


新しい雑仕女だからといって、なにも変わらない。

「今日より加わる、新しい雑仕女である。佐津《さつ》、そなたが教えてやれ」

勾当内侍が指さした。

「へい」

「浪と申しまする。よろしくお願いをいたしまする」

首肯した佐津に浪が頭を下げた。

「…………」

返答もせず、佐津が横を向いた。

「ああ、申しておくが……」

それを見た勾当内侍が、口を開いた。

「浪は閑院宮さまより主上さまの御身の廻りを気遣って、差し向かわされた者じゃ。心しいや」

「閑院宮さま……」

佐津の顔色がさっと変わった。

天皇の実家の者に要らぬ手出しをすれば、御所にいられなくなるのはまちがいない。

「よしなの」

掌《てのひら》をひっくり返すように、佐津の態度が変わった。

「こちらこそ」

浪は砂屋楼右衛門のもとで刺客の手伝いをやっていたのだ。たかが女官ていどのいじめなど、眉一つ動かすことはないが、これから御所で生きていけるかどうかがかかっている。

なにもなかったように微笑《ほほえ》んだ。

雑仕女の仕事は多岐にわたる。天皇の住居である清涼殿とそれに付随する建物の清掃、衣服の洗い張り、洗濯の他に、上級役職の女官の私用もおこなわなければならない。

「…………」

雑仕女の部屋に油代のかかる灯《あか》りは与えられない。それもあり、朝は日が昇るなり、起きて動かなければならなかった。

日中は忙しいため、食事は朝晩の二回、それも五分づき玄米に菜の塩漬けだけという質素なものである。

天皇でさえ、食膳に魚や鳥が並ぶ日は滅多にないだけに、喰えるだけでもありがたい。

当然、御所から外へ出るようなことはなかった。

「今日も出て来ぬ」

御所を見張っていた鏡之介がため息を吐いた。

金はもうなくなり、昨日から宿には泊まれていない。食事はかろうじて食べてはいるが、それも煮売り屋の飯だけで我慢している。

鏡之介は限界に達していた。

「東城さまの家士が来るのは、朝晩の送り迎えだけ」

まさか御所の付近で立ち小便というわけにはいかない。

用便で離れたりと、一人だけで見張っているため、確実とはいえないが、檜川の姿をそれ以外では見ていなかった。

「……閉まった」

御所の門が日が暮れを合図に閉められた。

今日も成果なくして、鏡之介は歩き出した。

「二日というお話であった」

鏡之介は黒田伊勢守の話を頼りに、今一度相国寺前の禁裏付役屋敷を訪れた。

「……出て来なかったか」

一人で来たと聞かされた黒田伊勢守が苦い顔をした。

「まったく、なんの役にも……」

鏡之介を罵ろうとした黒田伊勢守が途中で止めた。

「女の顔を知っているのは、あやつだけ……ふむ」

黒田伊勢守が腕を組んだ。

「かといって、あやつを御所へ、それも清涼殿へ入れるわけにはいかぬ」

禁裏付とはいえ、玄関脇の供侍部屋までしか、供は連れていけなかった。

「まして、主上さまのおられる清涼殿となると……」

男子禁制とまでは言わないが、清涼殿へ足を踏み入れるのは難しい、いや不可能であった。

「無理をさせて、あやつが捕まれば……余の名前を出そうな」

冷遇どころか、放り出したのだ。いくら手柄を立てれば、復帰させてやるとの約束はしてあるとはいえ、捕まってしまえば、話は別になる。少しでも己の罪を軽くしたいと、鏡之介が黒田伊勢守の名前を出すことはまちがいない。

当然、禁裏付が御所へ不法侵入した者を家臣であるとかばうわけにはいかない。朝廷の弱みを握るべき禁裏付が、弱みを握られた。そうなれば、老中松平定信が激怒するのは目に見えている。お役ご免どころか、黒田家は取り潰される。

黒田伊勢守はため息を吐いた。

「しかし、あやつしかない」

眉をひそめて黒田伊勢守が思案をした。

「二条家と手を組むか」

黒田伊勢守は、鷹矢と敵対関係にある二条大納言を利用するかと呟いた。

「……典膳正を追い落とすためだと誘えば二条家も話に乗ってくるだろう。なにより、人一人を御所へ入れるくらい簡単だ」

朝廷における五摂家の力は強い。鏡之介になにかしらの名分を付けて、御所へあげるなど容易であった。

「問題は……二条家があの女を御所から連れ出したとして、素直に引き渡すかだ」

黒田伊勢守が顔をゆがめた。

普段は争っていても、朝廷になにかの被害が及ぶとなれば、一枚岩になるのが五摂家、いや公家すべてがそうであった。

浪は、朝廷にとって大きな傷となる砂屋楼右衛門の行動のすべてを知っていた。どの公家が砂屋楼右衛門に依頼して、誰かを殺させたとか、失脚させたとか。それが表に出る、出なくとも幕府に知られた段階で、朝廷は大きな弱みを握られることになる。

「大御所称号を一橋民部源朝臣に許す」

光格天皇の意志など関係なく、大御所称号が認められるのはもちろん、今後、朝廷と幕府の間になにかあったとしたら、そのすべてで朝廷が譲ることになる。

「認めまい」

黒田伊勢守は首を横に振った。

「だが、鏡之介を御所へ入れるには、二条に頼るしかない」

鷹矢を排除するためといえば、二条大納言はかならず黒田伊勢守の誘いに乗ってくる。

「声だけかけてみるか。女の顔を知っているのはこちらだ。うまくすれば話になるか」

黒田伊勢守が決断した。

「鏡之介を長屋へ戻せ」

そうなれば鏡之介を逃がすわけにはいかなくなる。

黒田伊勢守は、鏡之介を監禁することにした。

三

枡屋茂右衛門は、多忙であった。

「そろそろ……」

絵を引き受けていた人々からの催促が立て続いたのである。

「わかりました」

相手は名刹《めいさつ》、豪商、諸大名と実力者揃いなのだ。

「禁裏付役屋敷の襖絵を完成させてから、伺いますわ」

などと断ろうものならば、たちまち迷惑が鷹矢に向かう。

「たかが禁裏付の分際で」

「御仏に奉じる絵画よりも、襖絵が大事だとお考えかの。仏罰が下りますぞ」

「いくら払えば、その襖絵を売ってくれはりますやろか」

大名、名刹、豪商が、百万遍の禁裏付役屋敷に行列を作りかねない。

枡屋茂右衛門こと伊藤若冲は、こうして長い足留めに遭っていた。

「……こうか」

とはいえ、絵を描き続けたいと思ったので、枡屋という四条市場の青物問屋の当主の地位をさっさと譲り渡した枡屋茂右衛門である。

一度絵に向かえば、真剣になる。

一筆に一夜かけるなど、珍しくもない。

「ちょっと、気分を変えてきますわ」

「どうぞ」

やつれた枡屋茂右衛門を止める者などいない。

枡屋茂右衛門は、何日ぶりかで、百万遍を訪れた。

「ようこそ……大丈夫でございますか」

鷹矢が昇殿している間は、弓江が屋敷を預かっている。枡屋茂右衛門を出迎えた弓江が目を剝《む》いた。

「ちいと疲れてるだけですわ」

「どうぞ、奥へ」

細く笑った枡屋茂右衛門の手を弓江が取った。

「南條さま」

「なあに」

弓江に呼ばれた温子が顔を出した。

「枡屋どのに、食べやすいものを」

「……どないしはったん」

温子も枡屋茂右衛門の状態に驚いた。

「ちいと気を入れて、筆を持ってたもんで」

枡屋茂右衛門が、苦笑した。

「ぶぶ漬けを……」

「すんまへんな。そうしてもらえると助かります。ぶぶ漬け以外は、喉を通りそうにおまへんわ」

薄い湯漬けを用意しようと言った温子に、枡屋茂右衛門が感謝した。

「それはよろしいけど、だいじおまへんの」

温子が気遣った。

「お願いしますわ」

「ほな、すぐに」

首肯した温子が台所へ駆けこんだ。

鷹矢が戻って来たとき、枡屋茂右衛門は湯漬けを三杯食べた後、客間で午睡を取っていた。

「枡屋どのが……そうか。寝かせておいてやってくれ」

「ですが、お帰りになられたら起こしてくれるようにとの、お願いでございますが」

弓江が鷹矢に告げた。

「ふむ。ならば、夕餉の用意が整うまで、そのままでな」

「承知いたしましてございまする」

およそ一刻（約二時間）ほどの猶予を鷹矢は与えた。

「お邪魔しまっせ」

そこへ土岐がやって来た。

「おう、どうしていたのだ。あの日以来、顔を出さなかったではないか」

鷹矢が問うた。

「いろいろと後始末がおましてん」

「後始末……」

土岐の言葉に、鷹矢が怪訝な顔をした。

「檜川はんから、聞いてまへんか」

「後を付けて来た者がいたことだろう」

問うた土岐に、鷹矢が告げた。

「それが誰かかも」

「わかっている。江戸から来た霜月だとな」

もう一度訊いた土岐に、鷹矢が応じた。

「それと後始末がどうかかわってくるのだ」

今度は鷹矢が問うた。

「もう、忘れはったんですかいな。若いのに、ちいと頭使わんと」

土岐があきれた。

「頭を使え……」

鷹矢が、腕を組んで考え出した。

「怪我をした霜月の後始末……血が流れたのを消していった。いや、敵のためにそれをする意味はない」

「南條の姫はん。茶おくれやす」

思案している鷹矢を置いて、土岐が温子に声をかけた。

「ええかげんにしいや。厚かましいで」

温子が土岐の鷹矢に対する態度に怒った。

「怒ったらあかん。どんなええ女でも怒り顔は、見られへん」

「えっ……」

注意された温子があわてて顔を押さえた。

「女《おなご》はんは、笑《わろ》うてなあかん。そして笑顔の奥に怒りを見せるんや」

「笑顔の奥に……」

「顔は笑いながら、目で怒りを示す。知ってるか、笑顔ちゅうのは、本来怖いものなんやで」

戸惑う温子に土岐が笑った。

「もうええわ。待っとき」

温子が腰を上げた。

「あまり要らぬことを、教えぬようにしてくれ」

鷹矢が苦い笑いを浮かべた。

「なに言うてはりますねん。布施はんか、南條の姫はんか、あるいは別の女はんか、いずれ典膳正はんは、嫁をもらいなはる」

「ああ」

旗本の当主として、次代を儲けるのは義務であった。

「そのときに、相手の本性を知っているかどうかは、大きいでっせ」

「そうなんだろうが、嫁もいないおぬしに、女がわかるというのか」

土岐に鷹矢が首をかしげて見せた。

「禁裏にいてまんねんで。女がどれほどえげつないか、嫌と言うほど見せられてますわ。主上の寵愛を奪い合う姿なんぞ、鬼でも逃げ出しまっせ」

表情を消して土岐が述べた。

「そうか」

土岐と光格天皇の仲を鷹矢は知っている。土岐が光格天皇のことを思いながら、なにもできないと悔しがっていると鷹矢は理解した。

「で、わかりましたんか」

「わかった。先日の布施どのが攫《さら》われたときと同じだな」

　確認された鷹矢が答えた。

「さいです。お怪我負った侍や。目立たんはずはない。布施はんを担いで走った砂屋楼右衛門の配下以上に、都人の気を引きますよってな」

　土岐がうなずいた。

「で、居場所はわかったのか」

「大体のところは」

「あいまいだの」

　鷹矢が怪訝な顔をした。

「あと少しやと思いますねんけどな。痕跡がまったくなくなりましてん」

「まったくない……誰も見てないと」

「そうですねん。怪我した侍なんぞ見かけたら誰も忘れへんはずですねんけどな。檜川はんを呼んでくれはりますか」

「ああ。布施どの」

「はい」

廊下で控えていた弓江に鷹矢が依頼した。

「お召しで……これは、土岐どの」

檜川が土岐に一礼した。

「お休みのところ、すんまへんな」

「いや。で、拙者になにか」

「霜月とかいう奴の傷を詳しゅう教えてもらいたいんですわ」

土岐が求めた。

「右肩から腕へ掛けてざっくりいった。二度と剣は持てまい」

「死ぬことは」

「血止めをしっかりすれば、死にはせぬだろう」

念のために訊いた土岐に、檜川が言った。

「それだけの大怪我やったら、目立つはずや」

土岐が首をひねった。

「どこらへんで見失った」

ふと鷹矢が尋ねた。

「下鴨《しもがも》の社の辺りや」

「……下鴨神社か」

鷹矢が繰り返した。

「よく知らぬの」

禁裏付は連日勤めだけに、京の名所旧跡巡りはできていなかった。

「鴨川と高野川が合流するところに、神代のころから連綿と続く古きお社ですわ」

「川が合流するところか」

鷹矢が気になったと顎に手を当てた。

「船ということはないか」

「最初からそこに船が用意されていたと」

「それくらいのことはする。それが徒目付というものだ」

念を押した土岐に、鷹矢が首肯した。

「徒目付っちゅうのは……」

「本来は幕府家人のうち、目通りできぬ格式の者どもを監察する役目である。御家人のなかから武芸に優れた者が選ばれ、目付の支配を受け、探索をすることから、隠密の一つとも言われている」

土岐の疑問に鷹矢が教えた。

「隠密でっか」

苦く土岐が頬をゆがめた。

「そうだ。隠密は生き残って初めて役に立つ。どれほど貴重な話を耳にしても、己が死んでしまえば、それは幕府に届かない。それでは無駄死にだ」

「なるほど。船くらい手配してるか」

土岐が納得した。

「おおきに」

礼を口にして、土岐が席を立った。

「夕餉は食べていかぬのか」

「惜しいですけどなあ。今日は急《せ》きますねん」

鷹矢の引き留めを、土岐は惜しみながらも振り切った。

四

霜月織部は、かろうじて津川一旗の待つ隠れ家へたどり着き、そのまま意識を失った。

「……うう」

「織部っ」

津川一旗がうめき声をあげた霜月織部を揺さぶった。

傷口は新しい晒《さらし》で覆い、血止めはしたが、そこにいたるまでの出血が霜月織部の体力を奪い果たしていた。

すでに顔色は紙よりも白い。

誰の目にも霜月織部の死はすぐそこにあるとわかった。

この状況の怪我人を揺さぶるなど、残り少ない命という名の水が入った皿を傾けるのと同じであり、確実に死期を近づける。

だが、そんなことより、なにがあったのかを知ることが、松平定信の隠密としての責務であった。

「……一旗か」

丸二日、意識のなかった霜月織部の気が戻った。

「なにがあった」

大丈夫かとか、傷口の痛みなどを訊くだけの余裕はない。すぐにでも用件を話させなければならない。津川一旗は心を鬼にした。

「東城の家人が、夜明け前に屋敷を出た……後を付けたら待ち伏せをされた」

余計なことを口にせず、霜月織部も経緯を語った。

「罠か」

屋敷を見張っている者をおびき出し、片付けるための行為であったかを津川一旗が問うた。

「……違う。途中まではまったくためらいのない足取りであった」

「ふむ」

津川一旗が考えこんだ。

罠に相手をはめようとしているならば、ちゃんと付いてきているかを気にする。それは目的の地へ向かう者としては、おかしな気配りに繋がる。

それを見抜けないほど、霜月織部は浅くはなかった。

「だから、油断をした。辻の角を曲がったので、後を追ったら……」

「角で待ち伏せていたか」

津川一旗が頬をゆがめた。

後を付けていた霜月織部が、決して無防備であったとは思えなかった。尾行している者が角を曲がれば、当然それに従わねばならぬ。ゆっくりと間合いを開けて安全を担保するのは良いが、その間に行き先の屋敷へ入られたり、路地へ入られたりしては、尾行の意味がなくなる。無駄に間を開けることなく、すばやく辻角へ向かい、相手がどこにいるかを確認する。そこを狙われた。

「気をつけろ、一旗。我らはやり過ぎたのかも知れぬ。越中守さまの願いを叶えるためとはいえ、東城を急かしすぎた。せめてあやつが京に慣れるまで待つべきであった」

「なにを言っている。越中守さまのご命こそ至極。たかが旗本一人など気にすることでもない」

「……鼠に噛まれるなよ」

霜月織部が最後の忠告をした。

「織部……」

津川一旗は、盟友の身体から温もりが消えるまで抱き続けた。

「いずれ、ちゃんとした供養をしてやるぞ」

ゆっくりと津川一旗が、霜月織部を横たえた。

「越中守さまにご報告を申しあげねばならぬ」

盟友を殺された恨みで、百万遍へ斬りこんでいくほど、津川一旗は愚かではなかった。

「人が足りぬ」

任が任だけに、表の仕事として旗本、御家人を京へ派遣するわけにはいかない。なればこそ、松平定信の信頼が厚く、徒目付のなかでも腕が立つ霜月織部と津川一旗が選ばれたのだ。

「まさか、東城が京で家臣を召し抱えるとは思ってもいなかった」

当初、松平定信の計画では、霜月織部と津川一旗が異境の地で災難を受ける鷹矢を守ることで安全を保証し、こちらの言うことを聞かなければ捨てられると怖れさせるはずであった。

しかし、徒目付であった二人が役目を外れ、京へ向かうために剣術修行という名目での許可を得るまでの手間が予想外の事態を引き起こした。

鷹矢が京での警固として、檜川を雇い入れていたのだ。

結果、霜月織部と津川一旗は、証文の出し遅れといった状況になり、鷹矢からの依存を得られなくなった。

さらに松平定信の走狗であると理解しているが忠誠心を持たない鷹矢と、すべてを捧げている二人との齟齬《そご》が表に出てきた。

「なにをおいても、越中守さまのお申し付けを果たさねばならぬ」

その思いに固まっている霜月織部と津川一旗に対し、鷹矢は禁裏付という範囲でしか動かない。

しかも京であらたな人物たちと交流を持ったことで、朝廷への理解も持ちだした。

となれば、松平定信の指図通りに、朝廷の粗《あら》を見つけるためならば、どのようなまねでもするとはいかなくなってくる。

「朝廷の弱みを見つけろ。なければ作れ」

松平定信の命令は、政《まつりごと》の闇でもある。

まだ若く、出世に必死でもない鷹矢に、ねつ造などとんでもないことであった。

「なにをしている」

それを霜月織部と津川一旗が歯がゆく思うのは、無理のない話であり、両者の間に溝が生まれた。

「許さぬ」

霜月織部の仮埋葬をすませた津川一旗は、鷹矢への恨みを抱きながら、京を離れた。

枡屋茂右衛門は、結局起きなかった。

「朝まで寝かせてやれ」

無理矢理たたき起こすのは、かわいそうだと鷹矢が許したのもあり、枡屋茂右衛門は翌朝まで熟睡した。

「おはようございます」

さすがに決まり悪そうな顔で、枡屋茂右衛門が朝餉の場へやってきた。

「気にするな」

鷹矢が手を振りながら笑った。

「すんまへん」

「ほんまやで。うちは宿屋と違うねんから」

詫びる枡屋茂右衛門に、温子が膳を置きながら文句を言った。

「そう叱るな」

鷹矢が温子を宥めた。

「殿はんが、そう仰せなら」

温子がうなずいた。

「では、食べようぞ」

鷹矢が箸を付けるまで、客とはいえ町人の枡屋茂右衛門は食べられない。

「いただきま」

枡屋茂右衛門が箸を手にして、拝んだ。

「忙しかったのだな」

「催促されまして……」

問われた枡屋茂右衛門がため息を吐いた。

「人気者はつらいの」

「勘弁しておくれやす」

からかう鷹矢に、枡屋茂右衛門がうなだれた。

「ところで、典膳正さま」

「わかるか」

雰囲気の変わった枡屋茂右衛門に、鷹矢が苦笑した。

「そら、南條家の姫さまの態度も、ちとおかしいものでございますし。余裕がおまへん」

鷹矢の客である枡屋茂右衛門に、温子がからんだのだ。鷹矢に恋をしている温子が、いないところで枡屋茂右衛門に苦言を呈するならばわかる。それが鷹矢の目の前でである。

そのていどのことなどどうでもいいほどの大事があったと考えるのは当たり前であった。

「じつはの……」

枡屋茂右衛門は鷹矢の信頼する仲間の一人であるし、今回の砂屋楼右衛門の騒動も最初から知っている。

鷹矢は経緯を語った。

「檜川はんが……」

枡屋茂右衛門が驚愕した。

「いずれ、やりあうことになったであろうからな。先手を取れたのは僥倖であった」

鷹矢が檜川の行動を賞賛した。

「その他にも、襲撃がございましたか」

指月たちのことを知った枡屋茂右衛門が緊張して、固い口調になった。

「よくもあきぬことだ」

鷹矢もあきれた。

「四人で来て、三人を倒し、一人が逃げた」

「その逃げた者が、もっとも遣う。連中の遣り取りを見ていたが、なにやら師匠と弟子のような感じであった」

思い出すように鷹矢が述べた。

「師匠と弟子の刺客でございますか。あまり聞いたことはございませぬ」

枡屋茂右衛門が首をかしげた。

「指月とか言われていたな、師匠と思われる壮年の浪人は」

「……指月」

ふと鷹矢の出した名前に、枡屋茂右衛門が引っかかった。

「知っておるのか」

「…………」

言われる前から、枡屋茂右衛門が考えこんだ。

「どこで聞いた。ここ最近や。昨日までが、越前さまのお屋敷で、四日前は二条の大津屋はんやった……思い出した」

口のなかで呟いていた枡屋茂右衛門が、大声を出した。

「枡屋どの」

「木屋町で最近噂になっている客がいてると……」

「遊所の客だと」

おもわず鷹矢が繰り返した。

「絵を描く前に、旦那さんとお茶をしたときに笑い話として聞かしてくれはったんですが、なんでも毎日妓を呼んでは、朝までこき使うとか。ちょっと名の知れた妓でも、翌日は足腰立たなくなるほどで、妓楼によっては出入り禁止にしたところもあるとか」

「足腰が立たない……」

「はしたないこと」

給仕として控えていた温子と弓江が、頰を赤くした。

「それが指月だと」

「確認はしてまへんけど、たしか風流な名前のわりに、やることが獣やなと思った記憶がおます」

話が話だけに、枡屋茂右衛門もあきれたのか、口調を柔らかくした。

「ちょっとよろしいか、枡屋はん」

温子が口を挟んだ。

「はい」

枡屋茂右衛門が、温子に顔を向けた。

「普通、妓楼はそこまでされたら、損失分の揚げ代まで要求するはずですけど、そんな金、浪人が出せますんやろうか」

「……そうなのか」

遊所に足を踏み入れたこともない鷹矢が首をかしげた。

「わたくしもよう知りまへん。見世に足入れたこともおへんし。ただ、実家《さと》は貧しかったので、その……」

温子が言いわけをしながら、口ごもった。

「典膳正はん。貧しい公家というのは、娘を売ることもありますねん」

それ以上言わせてやるなと枡屋茂右衛門が、割って入った。

公家とはいえ、庶民以下の暮らしをしてきた南條家だけに、娘を売ることも考えていたのだ。そのため、温子も遊所のことを多少は知っていた。

「なにを言っている。南條どののことは、信じているぞ」

鷹矢がそういうことを気にしているのではないと宣した。

「………」

先ほどとは違う恥じらいを見せて、温子が顔を伏せた。

「つまりは、指月とかいう刺客には金主が付いている」

「まちがいおまへん。それに京の遊所は、一見の浪人に見世の妓を差し向けるようなまねはしまへんし、したとしてもいきなり閨ごとは許しまへん。何度か無駄金を遣って、ようやく共寝ができますねん」

枡屋茂右衛門が、述べた。

「遊所を動かすだけの金と力を持つ後ろ盾か……調べねばなるまい。枡屋どの、悪いが大津屋にもっと詳しい話を訊いてくれぬか」

「任せていただきましょう」

鷹矢の依頼を枡屋茂右衛門が、請けた。

五

逃げ出した指月は、木屋町の茶屋で酒を呷《あお》っていた。

「妓はどないします」

「要らぬ」

茶屋の主の問いに、指月は首を横に振った。

さすがにこの体たらくで女を侍らせるなどできなかった。たしかに指月の実力は、上方でも知れ渡っている。敵対してきた連中をことごとく葬り去ってきたことで、今や誰もが目を合わそうともしなくなっている。面倒くさいから、賭場を持ったり、遊所を支配したりはしないだけで、その実力は大坂一と言える。

だからこそ、桐屋利兵衛も指月を切り札として使ってきた。使い捨ての刺客ではなく、毎月決まった金を払い、手駒として抱えてきた。いや、手駒ではなく、敵対されないために機嫌を取ってきた。

その指月が負けた。

指月自体は傷も負ってはいないが、配下すべてを失った。

配下などすぐに集まるだろうと思われがちであるし、大坂には食いっぱぐれた腕のある浪人は転がっている。

だが、指月が配下として従えるには不足であった。腕前だけなら、関根、大戸、小山をこえる者もいるだろう。だが、指月への畏怖が足りなかった。

三人の弟子たちは、それぞれが指月に殺される寸前まで追いこまれて、その実力差は十分に身に染みている。まず、逆らおうとは思わない。また、長く一緒にいたため、指月の側にいると、生活にも女にも不自由しないとわかっている。つまり、三人は指月に依存して生きている寄生虫のようなものだったのだ。指月になにかあれば、己たちも終わるとわかっているからこそ、命がけで守ろうともした。

指月にとって、三人は護衛でもあった。三人がいればこそ、女相手に腰が抜けるほど励むこともできたし、深酒をして眠りこけることもできた。

そう、指月もまた三人に依存していた。

「今から、新しい弟子を育てるにしても、一年や二年はかかる」

指月が酒を苦い薬のように頬をゆがめて呑んだ。

新たな関根たちを作るまでの間、指月は女が抱けないだけではなく、まともに眠ることさえできなくなった。

どれほど多くの者たちの恨みや妬みを買ってきたか、指月がもっとも知っている。そういった連中が、指月の戦力低下を見逃すとは思えなかった。

真剣での戦いでは勝てなくとも、嫌がらせはできる。指月や檜川、財部のような剣術遣いは、寝ていても殺気や人の気配を感じれば、一気に目覚める。この習慣が身につかないと、あっさりと闇討ちで命を失うことになるからだ。

それこそ、指月の宿近くで、毎夜毎夜殺気を発してやれば、まともに睡眠はとれなくなる。いかに鍛えていて、三日くらいなら寝なくとも堪えない指月であっても、これを十日、二十日続けられてはたまらない。人という生きものは寝なければ、死ぬ。睡眠は人としての本能で、飢餓と同じく、いつか耐えられなくなるものである。

どれほど指月が強かろうが、身体と心が疲弊しきったうえでの睡眠に落ちたならば、それまでであった。

「しばらく、上方を離れるか」

指月が呟いた。

「それはあきまへん」

茶屋の主から指月一人が戻って来たとの連絡を受けた桐屋利兵衛が、許しも得ずに座敷へ足を踏み入れた。

「桐屋か。すまんな。しくじったわ。関根たちを失った」

指月が瓶子《へいし》から酒を直接口へ流しこんだ。

「家士はいなかったはずですが。禁裏付はそこまでの腕やおまへんやろう」

桐屋利兵衛が疑問を呈した。

「もう一人いたのだ」

「……もう一人」

「それに来るとわかっていたのだろう。罠が張られていた」

「罠やなんて」

桐屋利兵衛が驚いた。

「弓と槍だ」

「それくらい、先生やったら障害にもなりまへんやろ」

「儂だけならばな。だが、弟子どもにとっては脅威ではなくとも、気にしなければならない。どうしても弓や槍に気をとられて、普段の動きができなくなる。そこに、腕の立つ警固が一人加われば……」

空になった瓶子を指月が投げ捨てた。

「殺しておけばよかった。せめて、両足を砕いておけば……」

「お知り合いでっか」

「知り合いというわけではないが……京に来て最初に潰した道場の主であった」

問われた指月が告げた。

「相当遣えるのでな。三人がかりで潰させたのだが……まさか、ここでかかわってくるとは思わなかったのでな。殺さずにすませた。桐屋、おぬしの招きでもあったしの。なにか意図があってのことだろうと考えて、死人を出して騒ぎを大きくするのを避けた」

指月が責任の一端を桐屋利兵衛に押し被せようとした。

「わたくしの紹介……ああ、下長者町の」

桐屋利兵衛が手を打った。

「あそこの主ができるとは聞いてましたけど、そこまででしたか。御所に近いし、将来関根さんたちの誰かを、京へお招きしたときの住み処にちょうどいいと考えて、ちいと弟子たちに仕掛けていたんですがねえ」

「ということだ」

説明を終えたと指月が腰を上げた。

「では、桐屋利兵衛。また会おう」

「なにを言うてはりますねん。あかんと言いましたやろ。かかった費用ぶんくらいは働いてもらわんと」

　逃げ出そうとした指月を桐屋利兵衛が制した。

「きさまこそ、なにを言っている。儂を止められるわけなかろうが」

　指月が死にたいのかと桐屋利兵衛を脅した。

「これを……」

　桐屋利兵衛が懐から紙を一枚取り出して、指月に渡した。

「なんじゃ……うっ」

　受け取って読んだ指月が絶句した。

「先ほど、大坂へ送りましてん。読売屋に擦らせて、大坂中に撒くようにと」

　桐屋利兵衛が笑った。

「きさまっ……」

　指月が紙を引き裂いた。

「先生が京で負けて、弟子のすべてを失った……これを知った大坂の連中は喜びますやろうなあ。いや、手ぐすね引いて待ってますやろ」

「このようなまねをして、生きて……」

「やってみなはれ。わたしが帰らなかったら、次の策が動き出すだけですわ」

「……なにをする気だ」

脇差の柄に指月が手をかけた。

「さあ」

桐屋利兵衛が嘲笑した。

「わたしを殺せば、御手配者になりますわなあ。茶屋の主が下で様子を窺ってますし。なにかあったら、ここの男衆全員が、東西の京都町奉行所、京都所司代に指月先生の人相書きを持って走る手はずになってますし。ああ、もちろん、これだけやおまへんで。手配りは二重、三重にせんと、あきまへんよって。ああ、先生の人相書きに賞金を付けるのもありましたな。銀百匁も付けたら、どこに隠棲しようともすぐに見つかりまっせ」

「……くっ」

指月が脇差から、手を離した。どれだけ山奥へ行こうとも、そこへいたるまでの道のりはあるし、まったく人との接触を断っての生活は難しい。食料や衣服などは、町か村へ行かなければ手に入らない。

「わたしは商人ですわ。元くらい取らんと、困りますねん」

「これ以上、なにをしろと」

金の力を持つ者の真の姿を思い知らされた指月が、愕然としていた。

「言わんでもわかってはりますやろ。禁裏付の命と女の居場所」

「禁裏付の首はわかるが、女の居場所とはなんだ」

浪の説明を指月は受けていなかった。

「禁裏付がかばっている女ですわ。ああ、屋敷にはいてまへん。それは確認してます。屋敷にも女は二人ほどいてるようですが、あんな小娘やのうて、側にいるだけで震いが来るようなええ女ですわ」

「ほう、それは楽しみな」

女好きの指月が興味を持った。

「手出しは厳禁でっせ。無事にわたしのところへ連れてきてもらいます。もし、手を出したりしたら……」

「ずいぶんな執心だの。あの桐屋にそこまでさせるか」

指月が驚いた。

「女としてやおまへん。闇に連れこむための女やったら、他にいくらでもおりますがな。大坂新町遊郭の霧雨、北新地の芸妓五月とか」

「名だたる美姫だが、そのどちらも……」

「ええ女でしたな」

確かめようとした指月に、桐屋利兵衛が笑った。

「ということで、閨以外で用がおますねん。それがすんだら、先生に差し上げてもよろしい」

「わかった」

指月がうなずいた。

「一人では手が足りまへんやろ。夕方には手伝いの者を数人寄こします。好きに使ってくださいな。ただし、壊してもろうたら困りまする。関根はんたちのような使いかたはせんとってくださいよ。最近は闇も人手不足でっさかい」

桐屋利兵衛が釘を刺した。

高貴なる方々の目に、身分低き者は映ってはならない。

お役目の最中であろうとも、静謐《せいひつ》の声が聞こえたり、近づく足音がすれば、さっと身を隠すなり、他所へ移動するなりしなければならなかった。

とはいえ、偶然行き当たることもある。また、道具の片付けなどで逃げ遅れてしまうこともある。

通常は、見て見ぬ振りをしてくれた。

「麿の眼が汚れたでおじゃる」

だが、意地の悪い公家だとぎゃくに絡んでくることもあった。

「待ちやれ、そこの女《め》」

御所の庭に溜まった落ち葉を拾い集めていた浪を見つけた公家が声をかけた。

「…………」

雲上人に呼ばれても返事をしてはならない。

浪は平伏して、公家が通り過ぎるのを期待した。

「面をあげや」

公家は浪に顔を見せろと言った。

「…………」

浪は俯いたままで反応しなかった。

「聞こえなかったかえ。面をあげや」

もう一度公家が命じた。

「…………」

声にいらだちが含まれたのを聞き取った浪が、少しだけ顔をあげた。

「ほう、卑しきわりには、秀でておる。見れば、なかなかの身体付きをしているようでもあるの」

公家が嗤《わら》った。

「退屈しのぎの一興にはなろうかの。女、立ちあがって裸になりや」

「お許しを」

御所の庭で裸になどなれば、ただではすまなかった。雑仕女の身分など、鼻紙よりも軽い。閑院宮家の名前を出したところで、そのような汚らわしいまねをしたとあれば、かばってもらえるはずもない。

「麿の言うことを聞けぬと申すか。さっさと脱ぎい」

逆らわれた公家が、怒鳴った。

「とんでもないことでございまする」

浪が首を横に振って拒んだ。

「こやつ、端女の分際で、麿の言葉を……」

公家が真っ赤になった。

「こっちへ来い。打ち据えてくれる」

庭に降りるのではなく、浪を殴るからこっちへ来いと公家が呼んだ。

「ご勘弁を」

殴るから近づけと言われて従う者はいない。そんなことにも気づかない公家に、浪はあきれた。

「ええい、なぜ従わぬ」

公家が業を煮やした。

「勾当内侍に申し付けて、そなたを放逐してくれよう」

「騒がしい」

大声をあげた公家の背中に冷たい声が投げられた。

「なんじゃ……ひっ」

振り向いた公家が、蒼白になった。

「朕の庭でなにをいたしておる」

光格天皇が縁側に立っていた。

「それはその……」

「そなたは参議であったの」

「お庭を汚しておる者がおりましたゆえ、叱りつけておりました」

言われた公家が、浪に責任を押しつけようとした。

「汚す者……どこにおるのだ」

慣例どおり、光格天皇が浪をいないものとして扱った。

「………」

光格天皇がなにを言いたいのか、公家がわからないはずはない。

「み、見間違いでございまする」

あわてて公家が従った。

「であろう」

大きく光格天皇がうなずいた。

「朕が庭を愛でる。下がれ」

「ただちに」

手を振られた公家が、小腰を屈《かが》めて逃げるように背を向けた。

「ああ、見えないものが見えるようならば、疲れておるのであろう。身体を休めよ」

暗に隠居しろとの意味をこめた労《ねぎら》いを、光格天皇が公家へかけた。

「お許しあられよ」

公家が一度縁側に頭をこすりつけてから、逃げていった。

「あれが二千年の血筋だと」

光格天皇が吐き捨てた。

「そなたが土岐の連れてきた女であるな」

「…………」

浪が身を震わせて、平伏を続けた。

「侍従は哀れであった。だが、天下には大法というものがある。それを犯した段階で、その者は憐憫《れんびん》を失う。己の心からも、他人の想いからもな」

「…………」

砂屋楼右衛門のことを言われたとわかっているが、浪にはなにも言えなかった。

「朕の力が足りぬ。いや、朝廷には力がない。公家が腐るのも当然なのかも知れぬ。ゆえに朕は将軍の意を汲まぬ」

大御所称号は認めないと光格天皇は浪にも宣した。

「女、もう道を見失うでないぞ。女は命を育む者であり、男はそれを守る者である。こうして人は代を紡いできた。二度とその命をもてあそぶな」

「……ああ」

光格天皇に諭されて、浪が啼《な》いた。

第五章　分かつ道

一

鏡之介は黒田伊勢守の指図を受けて、二条家を訪れた。

「禁裏付の伊勢守はんのご家中はんか」

二条大納言から鷹矢への手出しを禁じられた松波雅楽頭は、二条屋敷にいた。

「伊勢守から、二条大納言さまへお願いがございまする」

久しぶりに風呂に入り身形を整えた鏡之介は、もうすさんだ浪人の空気をまとってはいない。

「伊勢守はんからの頼み……一応聞きはするけど、引き受けるかどうかは別や」

禁裏付の要求とはいえ応じるとは限らないと、最初に松波雅楽頭が釘を刺した。

「はい。それについては主からも言われておりまする」

構わないとうなずいた後、鏡之介が話した。

「わたくしを御所へ入れていただきたいのでございまする」

「そなたを……無位無冠やろ。無茶言いな」

用件を聞いた松波雅楽頭が、あきれた。

「それは重々承知のうえでございまする」

「なんぞ、理由があるんやな」

事情の説明を松波雅楽頭が求めた。

「じつは……」

鏡之介がすべてではないが、経緯を語った。

「そんなことがあったんかいな。ふうん」

松波雅楽頭が初めて聞いたような顔をした。

「伊勢守はんの頼みとあれば、おそろかにもでけへん。ちと待っとり。御所さまに伺ってくるさかいな」

そう言って、鏡之介を置いた松波雅楽頭が奥へと入った。

「御所はん」

「なんや」

声をかけた松波雅楽頭に、面倒そうに二条大納言が応じた。

「禁裏付黒田伊勢守から、このような話が参っております」

「砂屋楼右衛門の女が、御所に……」

二条大納言が目を剝いた。

「そなた、まさか顔に出さなんだやろうな」

「もちろんで」

鏡之介に事情を知っていると悟られなかっただろうなと、二条大納言に確認された松波雅楽頭が首を縦に振った。

「ほなよし」

二条大納言が安堵した。

表情を読ませるようでは、公家として半人前でしかない。

「いかがいたしまひょ」

「砂屋の女なら、その価値は高いな」

訊いた松波雅楽頭に、二条大納言が応じた。

「手に入れれば、他の公家への牽制になるの」

他人の弱みを握れると二条大納言が告げた。

「うちは大丈夫やろうな。麿は命じてないぞ」

「典膳正のこと以外で、当家は砂屋とのかかわりを持っておりませぬ」

「それは引っかかってけえへんな」

「砂屋との交渉は、桐屋にさせましたので、どう調べても当家のお名前が出ることはないかと」

「ほうか。ほなええ。手を貸してやり。ただし、女の身柄は当家預かりとすると、念押ししときや」

舞台を整えるだけで、おいしいところを持っていかれてはたまったものではない。

二条大納言が条件を付けた。

「お任せを」

松波雅楽頭が手を突いた。

「御所はんのお許しが出た。そなたを当家の仕丁とする」

「仕丁でございますか」

侍でいうところの小者、中間のような軽い者と知っている鏡之介が嫌そうな顔をした。

「嫌なんか」

「とんでもございませぬ」

松波雅楽頭に睨まれた鏡之介が急いで首を左右に振った。

「身形は、当家で用意してやる。ただし、女はこっちで預かる」

「それは困ります。女に用があるのは伊勢守でございますれば」

鏡之介が抵抗した。

「条件付けられる立場かいな」

「……………」

二条家の協力がなければ、鏡之介が御所に入る手段はない。

「せめて、話を訊かせていただくことは」

譲れるところはここまでだと、あらかじめ黒田伊勢守から言われている。鏡之介が尋問はさせてくれと頼んだ。

「それくらいはかまへんけど。身柄はそっちに渡さへんで。話を訊きたいのやったら、ここでやり」

女を手放す気はないと松波雅楽頭が述べた。

「……わかりましてございまする」

黒田伊勢守の条件はかろうじて満たせた。鏡之介がうなずいた。

「ほな、明日の朝、日が昇る前に来いや」

松波雅楽頭が鏡之介に言った。


十分休息を取り、気になっていた百万遍の禁裏付組屋敷の襖絵を少し描いて、落ち着いた枡屋茂右衛門が、大津屋を訪れたのは昼過ぎであった。

「おや、お珍しい。いつもはこちらから催促を重ねんと来てくれはらんのに」

大津屋が枡屋茂右衛門を迎えて笑った。

「どうぞ、いつものように離れでよろしいな」

「申しわけおまへんけど、絵のことと違いますねん」

絵の続きをと言った大津屋に、枡屋茂右衛門が苦笑した。

「はて、ほななんですやろ」

「先日の話をもうちょっと詳しく聞かせていただきたいんですわ。木屋町のえげつない侍の話を」

首をかしげた大津屋に、枡屋茂右衛門が頼んだ。

「あんな話をもっと知りたいとは、伊藤若冲先生も……」

「違いますねん。出てきた浪人の名前が、わたしの恩あるお方とかかわりがありそうなので」

誤解しそうな大津屋を、枡屋茂右衛門が制した。

「そうでしたんか。いや、勘ぐってしまいました。もし、若冲先生が春の絵を描かれるなら、是非とも欲しいと思いましたんですけど」

「しまへん、しまへん」

枡屋茂右衛門が、強く否定した。

「まあ、冗談《てんご》はこのくらいにして、話ですな。大筋は先日お話ししたとおりですけど、どのようなことを聞かれたいので」

「その浪人の金を誰が出しているか、ご存じですかいな」

「金主ですか。ちょっと御免やす。おい、番頭はん」

「お呼びで」

声をかけられた番頭が、すぐに応じた。

「おまえさん、先ほど木屋町のあの茶屋から出てくるお人を見たと言うてたやろ」

「へい、あれは桐屋はんですわ」

「桐屋、あの大坂から来てる」

番頭の言葉に、枡屋茂右衛門が身を乗り出した。

「まちがいおまへん。桐屋はんは、なんの用やら、一度ならず三度も、ここへお出《いで》でしたんで」

「大津屋さんに……なるほど。大津屋さんは九条はん、鷹司はんのお出入りでしたな」

枡屋茂右衛門が、理解した。

「それでわかりましたわ。おおきに、助かりました」

「もうよろしいので」

礼を述べた枡屋茂右衛門に、大津屋が問うた。

「はい。では、また」

「近いうちにお願いしまっせ」

立ちあがった枡屋茂右衛門に、大津屋が絵の完成を催促した。

「気が向いたら参りますよって」

「……しゃあないな。気がのらんのに描かれたら、絵が死ぬわ」

手を振った枡屋茂右衛門に、大津屋がため息を吐いた。


鬱々としていては、酔うものも酔えない。

日が落ちるまで呑んでいた指月は、すでにかなりの量を過ごしていたが、まったく酔えなかった。

「御免やす」

「誰ぞ」

襖の外から声をかけられた指月が応じた。

「桐屋の旦さんから、言われてきた者《もん》ですわ」

「……入れ」

よううっとうしそうな顔をしながらも、指月が許した。

「へい、お邪魔を」

「どうも」

「お初にお目にかかりやす」

すぐにわかる無頼の気配を纏《まと》った男たちが、四名入ってきた。

「指月先生でよろしゅうござんすか」

「ああ」

「あっしは、万吉《まんきち》と申しやす。これは安比古《やすひこ》、その隣が庭五郎《にわごろう》、反対側が米助《よねすけ》で」

代表して万吉と名乗った無頼がそれぞれを紹介した。

「今から行くのか」

「とんでもない。一応、下見はしやしたが、門が閉まってましたんで、なかまで確認できてまへん。明日一日かけて、的の動きを洗いますので、明後日に」

訊いた指月に万吉が首を左右に振った。

「そうか。明後日か。わかった」

うなずいた指月が、もう出ていけと手を振った。

「入っておいな」

それを無視して万吉が、廊下に向かって合図をした。

「あいあい」

合図を受けて一人の女が姿を見せた。

「……なんだ、その女は」

指月が目を見張った。

「初《はつ》と言います。よろしゅう」

敷居際に座った初と言った女が、しなを作って挨拶をした。

「その初がなんだ。酌でもしてくれると申すか」

「あい。酌だけやおへん。その後も……」

婉然《えんぜん》と初がほほえんだ。

「ほう……」

あらためて指月が、初を見た。

「……よいな。隣へ来い」

指月が初を呼んだ。

「あいな」

初がいそいそと指月の隣に座り、いきなりしなだれかかった。

「ささっ、先生。盃を干しておくれやす」

「おう」

勧められた指月が、酒を呑んだ。

「………」

その様子を確認した万吉たちが、静かに部屋を出た。

「いい気なもんやで」

階段を降りたところで、安比古が嘲笑を浮かべた。

「初を酌女《しゃくめ》やと思うとるなあ」

庭五郎も笑った。

「おめでたいやっちゃ。それはええけど、あんなんと一緒に仕事できるんかいな」

米助が危惧した。

「そう言いなって。あの姿やで。どう見ても遊び女や。あれが玉握りと呼ばれる女刺客やとは、誰も思わへん」

　万吉が一同を宥めた。

「なめてかかりな。あれでも人斬りとしては上方一や。斬った数は、両手両足の指を足したよりも多いというで」

　二階を見上げながら、万吉が己にも言い聞かせるように述べた。

二

　枡屋茂右衛門が、仕入れてきてくれた話を鷹矢は黙って聞いていた。

「助かった。枡屋どの」

　鷹矢は枡屋茂右衛門の苦労に謝意を表した。

「いえいいえ」

　枡屋茂右衛門がたいしたことではないと、頭を小さく左右に振った。

「桐屋でございますか」

　一緒に聞いていた檜川が苦い顔をした。

「知っているのか」

「直接は知りませぬ。貧乏道場と商いをしてくれるほど、桐屋は甘くありませぬので。ただ、評判だけは耳にいたしております」

「想像はつくが、どのような評判か聞かせてくれ」

檜川の言葉に、鷹矢が先をうながした。

「ろくなものではございませぬ。商売敵の店が焼けたとか、出入りを拒んだ蔵屋敷の用人が、川に浮いていたとか、町奉行所の与力、同心が月初めに桐屋の大坂店を訪ねて、その月分の心付けをもらうために並ぶとか、逆らった商人に圧力を掛けて、商いをできないようにしたとか、潰した店の娘を借財の形として、新町遊郭に売り飛ばし、見世開《みせあ》けを買い切ったとか」

「見世開けというのはなんだ」

鷹矢がふと疑問を感じた。

「…………」

ちらと檜川が、やはり部屋の隅で控えている弓江を見た。

「見世開けちゅうのはですな。遊郭に売られた女が、初めて客を取らされる日のことですわ」

　黙った檜川に代わって、枡屋茂右衛門が答えた。

「普段の見世開けは、遊郭も心得てまして……緊張している女のことを気遣える馴染み客にお願いするんですわ。最初から無理をさせたら、壊れてしまいますよって」

　枡屋茂右衛門が、付け加えた。

「それを買い切った……一夜の間、桐屋がその娘はんを思うがままに扱ったということですな」

「なんという……」

「酷い……」

　枡屋茂右衛門の話に、鷹矢と弓江が憤った。

「ろくでもない奴だとわかったが……その桐屋がなぜ京で動いている」

「四条市場で一度会いましたが、覚えておられませんか」

　鷹矢の疑問に、枡屋茂右衛門が確認した。

「……おおっ。枡屋どのが会合かなにかに出ていたときだな」

　五条市場との確執などがあり揺れていた四条市場を、桐屋利兵衛は支配しようと店が左前になっていた商店主を買収して、枡屋茂右衛門に挑んだ。
その場に偶然鷹矢は行き会わせ、桐屋利兵衛を禁裏付の権威をもって追い払ってい
た。
「あやつか」
はっきりと鷹矢は思い出した。
「大坂での悪評に耐えかねたのか、桐屋は京に店を出し、御所出入りを狙っているよ
うでございまして」
「御所出入りだと。あれは何代も京で商いを堅実におこなった者でも難しいのであろ
う」
江戸城出入り、大奥出入りと並んで御所出入りの看板は、大きい。商いでいけば、
大奥出入りがもっとも金になるだろうが、格付けだけでいけば御所出入りが最上位に
なる。
「それをなんとかしようとしているんでっしゃろうな」
「無茶なことを」
ため息を吐いた枡屋茂右衛門に、鷹矢も同意した。

「指月という浪人も大坂だと言ったな」

「ということでしょう」

裏に桐屋利兵衛がいると二人の認識が一致した。

「しかしだな、商人は損になることをせぬと聞くぞ」

鷹矢が桐屋利兵衛の動機がわからないと怪訝な顔をした。

「先の利のために、今の損を見逃すということは、商いとしては常道でございますよ。もっともその日の売り上げで成りたっている行商人や日銭稼ぎは別でございますが、ここで十両損しても、一年先に二十両儲けられれば、得は大きゅうございますから」

「なるほど」

鷹矢が納得した。

「東城さま」

弓江が口を挟む許可を求めた。

「なにか」

「京都町奉行さまに、桐屋を捕まえていただくことはできませぬか」

許した鷹矢へ、弓江が告げた。

「京都町奉行所か」

鷹矢が腕を組んだ。

禁裏付は朝廷にかかわることならば、公家であろうが商人であろうが、捕まえて詮議する権を有している。

「桐屋は現在、禁裏にかかわっていない」

御所出入りになろうとはしているが、商品の一つも納めたわけではない。つまり、桐屋利兵衛は、禁裏付の監察対象にならなかった。

「公家はんに金を撒いてはりますやろうけど……そこからは手出しできまへんか」

「無理だろう。そのへんの木っ端《こば》公家に金を撒いても意味はない。賄を差し出すならば、朝廷に大きな影響力を持つ者になる。となれば、相手は五摂家や大臣家、青華家《せいがけ》などになる。その辺に手出しをするとなれば、あらかじめ京都所司代さまに話を通しておかねばならぬ」

鷹矢が首を横に振った。

禁裏付は老中支配であるが、任地が京という遠国になる。片道で七日もかかる遠隔地の京でなにをするにも老中の許可を待っていては、迅速な対応はできない。

そのため禁裏付は、赴任している間、京都所司代の管理を受けた。

もちろん、ことが賢きところにかかわってくるだけに、秘密裏におこなうときもあるが、それはよほどのときに限られる。

主犯が五摂家だとか宮家だとかの場合は、できるだけ密《ひそ》かに詮議をおこない、世間には知られないように始末をしなければならないため、禁裏付の独断で動いたところで問題にはならないが、どれほどあくどかろうとも商人が中心の騒動となれば、最初から話を通しておかなければ、後々面倒になる。

「ですが、商人は町奉行所のお仕事でございましょう」

弓江がなんとかして、鷹矢を危険から遠ざけようとした。

「町奉行所が信用できまへんよってなあ」

枡屋茂右衛門が、しみじみと言った。

「四条市場は、五条市場に買収された京都東町奉行所与力によって、一度潰されかかってます」

「町奉行所の役人が、金で傾くなど……」

「それが世のなかというもんですわ」

愕然とする弓江に、枡屋茂右衛門が嘆息した。

「やはりこちらで対処するしかないな。幸い、こちらには檜川と財部がいる。この二人がいれば、指月一人ならば恐るべきではない」

鷹矢が迎撃を決めた。

早朝、今出川御門外の二条家を、相国寺前禁裏付役屋敷を出た鏡之介が訪れた。

「おはようござる」

「誰や、こんな早ように」

門番の雑仕が文句を言った。

「拙者黒田伊勢守が係人でござる。松波雅楽頭さまよりこの刻限に来いと言われて参上つかまつった」

「雅楽頭はんの……ちょっと待っとけ」

松波雅楽頭の名前に、門番が反応した。

「……入り」

しばらくして潜り戸が開けられた。

「御免を」

鏡之介が二条家の屋敷に入った。

五摂家ともなると、目の前に御所があろうとも、牛車《ぎっしゃ》で移動することになる。

「………」

武家の登城は名誉だとして隣近所にも聞こえるほど大きな声で送り出される。それに比して、雅を尊ぶ公家は、騒がしいのを下卑るとして嫌う。

二条大納言の昇殿行列は、静々と屋敷を出た。

「なんと遅い」

牛車の歩みは遅い。

行列の最後尾に紛れこんでいる鏡之介があきれた。

「普通に歩いたほうが早いぞ」

「静かにせんかい、新入り」

鏡之介の独り言に、前にいた老年の仕丁が怒った。

「申しわけない」

やはり仕丁の衣服を身につけた鏡之介が謝った。

「ええか、御所はんは、神さまに繋がる高貴なお方や。そんなお方が、地面に足なんぞつけられるわけないやろうが」

「なら、駕籠で……」

「阿呆やな、おまえほんまに仕丁なんか。駕籠や輿《こし》は身分低い者《もん》の乗りものや。牛車は最高の格式なんじゃ」

「……」

格式と言われてしまえば、そこまでである。鏡之介が黙った。

わずか四町（約四百四十メートル）ほどしか離れていない車止めまで、小半刻（約三十分）弱かかって、牛車は到着した。

御所の車止めには、五摂家の他、朝議に参加する高位公家の牛車が集まってくる。

「近衛はんからやで」

御所に務める仕丁が、牛車の待機場所へ移動する順番を叫んでいた。

「……」

多くの公家に付き従う仕丁たちで車止めが混雑した。その隙を見て、鏡之介がさっと身を隠した。

「あとは人気がなくなるまで待って……」

鏡之介が機を窺った。

御所は数百年を翻弄されてきた。だが、一度も破壊し尽くされることなく、歴史を重ねてきた。

御所に勤める者たちはそれが当たり前になり、危機への心構えがない。

さらに、朝廷の権威が飾りであると、もっともわかっているのも公家である。今更、御所へ忍びこんでなにかを探ろうとする者などいないと信じきっている。

いや、その両方の危難に誰も思いいたっていなかった。

昇殿の騒ぎが終わると、車寄せは静かになる。

「……やっとか」

牛車の速度だけでなく、公家はすべての所作に優雅さを求める。どうしても動きがゆったりとしたものになり、すべての公家が御所に入るまで、一刻近くかかっていた。

「飯なら冷めるぞ」

床下に忍んでいた鏡之介が、文句を言いながら身体を伸ばした。

「外へ出て来なかったということは、清涼殿近くまで行かねば、あの女の姿は確認できまい」

鏡之介が御所の縁側に沿って、清涼殿へと向かった。

「……女だ」

清涼殿の縁側を拭き掃除している雑仕女を鏡之介は見つけた。

「あれは違う。あんなに覇気のない女ではなかった」

鏡之介は、見とがめられないように、縁側の下に潜りこんで見張った。

「あれも違う。もっと乳が張り出していた」

なかなか浪を鏡之介は見つけられなかった。

「……あれはっ」

半刻ほどしたとき、庭に降りてきた雑仕女がいた。

「まちがいないな」

浪はあっさりとしたお仕着せを身につけていても、十二分に目立つ。

鏡之介が確信を持った。

「………………」

縁側の下を出た鏡之介が、浪へ近づいた。

「またか」

浪は鏡之介の目に気づいていた。

雑仕女として御所にあがって以来、浪は公家たちの好色の的となっていた。

「ちと来やれ」

「麿の屋敷で務めぬかえ」

浪を見つけた公家たちは、そのほとんどが浪の身体を目当てにしてきた。

公家だけではなかった。

「なあ、ええやろ」

「ちょっと、そこの陰でな、な」

仕丁たちも浪を誘った。

鏡之介もその類だろうと、浪は小さくため息を吐いていた。

「そこな女」

「………………」

声をかけられた浪が、予想していない言葉遣いに戸惑った。

「付いてこい」

鏡之介が浪に命じた。

「…………」

浪は応じず、役目である庭掃除を続けた。

「聞こえていないのか。付いてくるのだ」

「なんで」

箒《ほうき》を止めて浪が問うた。

「黙って付いてこい」

三度目の命令を鏡之介が出した。

「いやや」

浪が拒んだ。

「あんたに付いていく理由がないわ」

「貴きお方からのお指図であるぞ」

「どなたはん」

「口にできぬほどのお方である」

はっきりしてくれと求めた浪に、鏡之介がごまかした。

「お断りや。ほんまかどうかもわかれへん。付いていったら、あんたに押し倒されるなんて、いややし」

「……なっ」

身分低い雑仕女から断られるとは思っていなかった鏡之介が絶句した。

「あっち行き。そやないと大きな声あげるで」

「ま、待て」

浪の脅しに鏡之介があわてた。

「に、二条さまだ。二条さまがそなたに御用だと」

「二条さま……」

鏡之介が口にした名前に浪が考えこんだ。

「わかったか」

「二条さまのお招きやったら、断られへん」

「であろう」

満足そうに鏡之介がうなずいた。

「門のところで待っててておくれやす。道具を置いてきますすよって」

「そのままでいい」

「そうはいきまへん。仕事を途中で放り出したら、勾当内侍さまに叱られる」

急げと言った鏡之介に、浪が首を横に振った。

「ほな、後で」

浪がそそくさと去っていった。

「あっ……」

残された鏡之介が唖然とした。

三

鏡之介の目から逃れたところで、浪は掃除道具を縁側の下へ放りこんだ。もともと雑仕女が使うような道具は、まともに管理もされていない。誰も貸し出した数と返って来た数を確かめたりはしないのだ。

「…………」

浪は道具を追うようにして、床下へ入ると清涼殿の表へと忍んだ。

「……いてはります」

小声で浪が問いかけた。浪は土岐との連絡のため居所を教えられていた。

「……ああ。もっとこっちへ来い」

土岐が応じた。

松平定信と鷹矢が決別して以来、土岐は光格天皇に万一がないよう、その御座所近くに忍んでいた。

「すんまへん。面倒なことになりそうで」

浪が鏡之介との会話を報告した。

「二条はんがか。あのお方も悪あがきしはるなあ」

土岐がため息を吐いた。

「困ったの。霜月の行方はまだわからんし、儂は主上のお側を離れられへん」

「わたくし一人でも」

「あかん。罠へはまりにいくようなもんや」

土岐が首を左右に振った。

「ですが、なにもしないというわけには……」

浪が困惑した。

もし、浪がすっぽかせば、二条家がどのような対応に出るか、わからない。それこそ、迷惑が浪の実家にも及ぶ。捨てられた浪にとって実家の価値は軽いが、それでも不幸になるとわかっていて、見過ごすのは気が悪かった。

「…………」

そのとき、頭上の床板が叩かれた。

「お召しや。ここを動くなや」

土岐が光格天皇の合図に応じるため、移動した。

「主上、お呼びで」

いつも通り光格天皇の座っている背後の壁ごしに土岐が声をかけた。

「誰もおらぬ。しばらく近づくなとも命じてある」

「へい」

光格天皇に側へ寄れと言われたと土岐はわかっている。静かに土岐が光格天皇の前で平伏した。

「声が聞こえたぞ」

床を指差しながら、光格天皇が小さく笑った。

「申しわけございまへん。つい」

土岐が顔を赤くした。

「そなたが我を忘れるくらいのことが起こったのか」

「お報せするほどのことでは……」

「爺」

光格天皇が懐かしい名で土岐を呼んだ。

土岐が嘆息した。

「……かないまへんなあ」

「……ということですわ」

「大納言が、浪を手に入れようとしたか。やれ、よほど右大臣に負けたのが悔しいと見える」

説明を聞いた光格天皇が苦笑した。

一条大納言は、二条大納言より家督を継いだのは遅く、昇殿も後になる。そうでありながら、大納言より二つ上になる右大臣へと昇格していた。

「大臣《おとど》など、摂関家で回し合っているも同然ではないか。関白や摂政という唯一の役目ならばまだしも、太政《だじょう》大臣は別として、内大臣、右大臣、左大臣と三つもある。待っていれば、いずれその地位に就けるであろうに」

光格天皇があきれた。

「それが五摂関家の意地ですわ」

土岐が無理のないことだと告げた。

「人など、どれも同じであろうに」

「たしかに主上に優る者どころか、並び立つ者もおりまへん。すべての民は朝臣でございまする」

土岐も同意した。

「浪を渡すわけにはいかぬな」

「へい。宮中序列に影響が出かねませぬ」

浪は朝廷の闇と同義である。闇を手に入れた者は、相応の力を持つことになる。

「ご苦労であった。下がってよい」

光格天皇が土岐をねぎらった。

「……………」

なにをしようとしているのかと土岐が、光格天皇を気遣うような目で見上げたが、退出を命じられてはそれ以上なにも言えない。

無言で土岐が光格天皇前から消えた。

「誰《た》そありや」

土岐がいなくなるのを確認した光格天皇が、遠ざけていた侍従を呼んだ。

「お召しでおじゃりましょうか」

「二条をこれへ」

光格天皇が二条大納言を呼んだ。大納言は何人かいる。官名で呼んでは誰かわからない。

朝議を終えた公家たちは、それぞれの控えの間で雑談をし、暇を潰す。昼餉が供されるまで、他にすることがないのだ。

「御免をくださりませ」

五摂家たちの控えの間、虎の間に侍従が現れた。

「二条大納言さま」

「なんや」

侍従に呼ばれた二条大納言が不機嫌に応じた。右大臣はそれぞれ一人ずつしかいない。苗字を付けずとも、役職だけで特定される。そうでないことに二条大納言は不満を感じていた。

「主上がお召しでおじゃりまする」

「なんと、主上が。麿だけでおじゃるか」

「はい」

喜んで確かめる二条大納言に、侍従が首肯した。

「なんであろう」

「急なお召しでおじゃりますれば」

問うた二条大納言に侍従がわからないと答えた。

「承知」

吉事であろうが凶事であろうが、天皇に呼ばれたのだ。拒否や遅滞は許されなかった。

そそくさと二条大納言が腰を上げた。

「二条大納言、お召しに応じましておじゃりまする」

侍従が報告した。

「うむ。よく参った。大納言」

「お召しとあらば」

二条大納言が光格天皇の労いに、当然のことだと応じた。

「大納言」

「はっ」

二条大納言が畏まった。

「朕の愛でる華を摘むでない」

「……なんのことでおじゃりましょう」

光格天皇の言葉に、二条大納言が怪訝な顔をした。

「女を一人連れてくるようにと申し付けたであろう」

「……女を……あっ」

一瞬理解できなかった二条大納言が気づいた。

「華は庭にあってこそ美しい。それが誰であろうが、摘んでしまえばあとはしおれるだけとなろう。それは優雅ではない」

光格天皇は言外に、浪に手を付けるつもりはないと告げた。だが手出しは許さないと伝えた。

「ま、まことに」

二条大納言が震えた。

「朕は、臣を頼りに思っておる。落胆はしとうない」

「綸言《りんげん》、身に染みましてございまする」

これ以上やるならば、永遠に大納言のままで留め置くと言われたに等しい。摂関家の当主が天皇に嫌われ、昇叙を留め置かれてずっと大納言のままなど、恥以外のなにものでもない。それこそ、二条家は家格を一つ落としたに等しい。もちろん、そんなまねは許されず、光格天皇の怒りを収めるべく、二条大納言は隠居して家督を誰かに譲らなければならなくなる。

二条大納言はそれ以上の抗弁はできなかった。

「華は目で愛でるものといたしまする」

「そういたせ」

手出しはしないと誓った二条大納言に光格天皇がうなずいた。

鏡之介は待ちぼうけを食らった。

「だましたな」

どれほど間抜けでも、女の支度に一刻（約二時間）はかからないとわかっている。

「今度は髪の毛を摑んででも……」

もう一度清涼殿へ近づいた鏡之介は、年老いた仕丁の出迎えを受けた。

「どけ、爺《じじい》」

浪にだまされた怒りで、鏡之介が年老いた仕丁を怒鳴りつけた。

「年寄りを敬えぬとは、さみしいやっちゃな」

年老いた仕丁は土岐であった。

「なんだと、敬えるほどのものか、おまえが」

「わからんとは、阿呆やな。年寄りというのはな、あるだけで尊いのよ。年寄りになるまで生きてきた。それはそれだけ世間を経験してきているとの証じゃ。こういうときはこうしたらいい。年寄りの知恵というのは、若造の思い付きとは違ってな、実際の体験から生まれる。つまりまちがいがない。それくらい気づけ」

土岐があきれた。

「うるさい、そこをどけ。おまえの相手をしている暇はない」

「女を掠《かす》めるつもりであろ」

「なっ、なぜそれをっ」

言われた鏡之介が驚愕した。

「それくらいわかるわ。なんせ、あの女を御所へ連れこんだのは、わいやさかいなあ」

「……まさかっ、あのときの仕丁」

鏡之介が目を大きくした。

「女の顔を見るのに必死で、隣にいたわいのことに気づかんかったか」

土岐が嘲笑した。

「黙れっ……」

いきなり鏡之介が摑みかかった。

「………」

剣術をまともにしたこともない鏡之介など、土岐の相手ではなかった。

「ぐはっ」

前に出る勢いを利用した土岐に腹を打たれて、鏡之介がうめいた。

「もう一個、おまけじゃ」

腹を両手で抱えたために、頭を下げる形になった鏡之介の盆《ぼん》の窪《くぼ》あたりを土岐が叩いた。

「…………」

鏡之介が倒れこんだ。

「うろんなり、うろんなり。怪しげなる者、ここにあり」

土岐が大声をあげた。

「あ、それは……」

倒れながら鏡之介が手を伸ばし、土岐を止めようとした。

「二条はんを頼っても、もうあかんで。主上がぶっとい釘を刺しはったからな」

土岐が鏡之介に告げた。

「……そんな」

「どこの誰の手か知らんけど、御所へ入りこんだだけで重罪や。検非違使《けびいし》や刑部《ぎょうぶ》の連中が喜ぶで。何百年振りかの手柄やとな」

「ああ……」

鏡之介が嘆いた。

「全部吐きや。それ以外に助かる余地はないで。なにせ、主上の御座近くまで侵入したんや。大逆の罪や。おまえ一人やない、九族族滅になる。親も子も妻も兄弟も死罪や」

「ひっ……」

脅された鏡之介が、小便を漏らした。

「肚もないくせに、主上の宸襟《しんきん》をお悩ませ申すなんぞ……」

土岐が吐き捨てた。

四

三日目の朝、万吉たちがふたたび指月の前に現れた。

「うわっ」

「こいつああ」

部屋に入った万吉たちが顔をしかめた。男女の濃密な臭いが座敷に充満していた。

「朝か」

万吉たちに気づいた指月が、初の上から起きあがった。

「水を浴びてくる」

素裸で指月が、部屋を出ていった。

「……初、おい」

万吉が横たわったままの初に近づいて様子を窺った。

「死んではないが……気失うてる」

鼻をつまみながら、万吉があきれた。

「玉握りの初が、男にやり殺されたと」

安比古が驚いた。

「すげえ」

米助が感心した。

「……まだそそり立ってたぞ」

庭五郎が、指月が裸で出ていったときのことを思い出した。

「化けものだな」

万吉がしみじみと言った。

「味方が頼もしいのはありがたいことだと思うしかなかろう」

手を叩いて、万吉が雰囲気を変えようとした。

「だな」

皆がうなずいた。

「さっぱりしたわ」

指月が裸のまま帰ってきた。

「着替えは……ふんどしは使えぬな」

ぐしゃぐしゃになった下帯を指月が、投げ捨てた。

「まあいい。多少座りが悪いていどだ」

下帯を着けず、指月が身なりを整えた。

「行くか」

両刀を帯に差して、指月が万吉を見た。

「へい」

万吉がうなずいた。

木屋町の茶屋を出た指月が、万吉を振り向いた。

「女を用意するなら、次はもっと閨技に長けた者にせよ。なにを考えているのか丸わかりの応対をされては、気が乗らぬ」

「そうとわかっていて手を出したんで」

刺客となるかも知れないとわかっていながら抱いたのかと万吉が驚愕した。

「せっかくの女だ。抱かずばもったいないだろう。ただ、剣呑《けんのん》なまねをされるのはうっとうしいのでな、さっさと気を落としたが」

「…………」

気絶させてからも抱き続けたという指月に、万吉が言葉を失った。

「で、手はずは」

「へ、へい」

襲撃の手順を聞かれた万吉が、あわてて説明に入った。

「禁裏付が御所へ入っている間に、屋敷を押さえやす」

「二人の家士がおるぞ。それも相当遣う……」

聞いた指月が、万吉たちを見回した。

「おまえたちでは、相手にもならぬ」

「……なんだと」

四人のなかでもっとも腕の立つ庭五郎がいきり立った。

「落ち着け。まだ、話は終わっていねえ」

万吉が、庭五郎をたしなめた。

「……ちっ」

不服そうな顔をしながら、庭五郎が横を向いた。

「一人は先生にお願いしやす」

「もう一人は」

「庭五郎、米助の二人で抑え、その間に屋敷へ入りこみ、女どもを人質に取りやす」

万吉が語った。

「女を押さえて、抵抗を排除するか。なるほどの。だが、そうなれば禁裏付に気づかれるぞ。家士が出迎えに来ぬのだからな」

　檜川と財部を生かしたまま使うことは難しい。剣術遣いというのは、刀を持っていなくとも戦える。

「女を人質にしてるんでやすよ。こちらの言うとおりにするしかござんせんでしょう」

　万吉が大丈夫だと胸を張った。

「甘いな。武士の忠義をなめてかかると痛い目に遭うぞ」

　指月が指摘した。

「武士なんぞ、それほど……」

　どうしても京、大坂の町人は武士を甘く見てしまう。大坂の金、京の権威の前に、肩をすくめている武士を見慣れているからであった。

「ご恩と奉公。禄をくれているのは主君だ。女ではない。そして主君を守れなかった家臣は、武士でなくなる」

　指月が首を横に振った。

　主君が横死《おうし》すれば、まず家に影響が出る。状況が悪ければお家断絶の羽目になるし、それを避けられたとしても減禄は避けられない。家禄が減ったとしたら、最初におこなわれるのは家臣の放逐になる。となれば、最初に追い出されるのは、主君を守れなかった者になる。

「子々孫々まで食える禄を失うのだぞ」

「…………」

教えられた万吉が黙った。

「人質策はいただけぬな。さっさと家士どもを討ち、あとは御所から出てきた禁裏付が、異変に気づく前に殺す」

指月が計画に変更を加えた。

「それでいいな」

「へい」

立場が逆転した。

御所へあがった鷹矢は、日記部屋から武家伺候の間へと移った。月番の交代であった。

「異常ござらぬ」

「…………」

日記部屋当番は御所の内証を監察する役目もある。それに遺漏がないかどうかを、月番交代のときに確認し合う。とはいえ、一々全部を見ていてはときがかかる。ただ、当番が保証し、交代がそれを了承するという形だけのものになっていた。

慣例通り鷹矢が内証帳面を渡したが、黒田伊勢守は無言であった。

「伊勢守どの」

一言だけとはいえ、告げるのがしきたりである。それをしない黒田伊勢守に、鷹矢が怪訝な顔をした。

「受け取る前に訊きたい」

「なんでござろう」

黒田伊勢守の要求に鷹矢が応じた。

「女はどこでござる」

「どの女のことで」

鷹矢が首をかしげた。

「あの女でござる。おわかりのはずじゃ」

黒田伊勢守がいらだった。

「……はて、思い当たりませぬな」

一瞬考えてようやく鷹矢が、黒田伊勢守の求めているのが浪のことだと理解して、とぼけた。

「ごまかされるつもりか」

役人はどちらが先にその役目に就いたかで上下が決まる。黒田伊勢守から見れば、禁裏付になって一年にも満たない鷹矢は、はるか格下なのだ。その鷹矢にあしらわれて、黒田伊勢守が怒った。なによりも、鏡之介からの連絡が途絶えたことが黒田伊勢守を焦らせていた。

「そこまで言われるならば、女ではなく、名前をお願いしよう」

「うっ」

鷹矢に要求されて、黒田伊勢守が詰まった。

黒田伊勢守は浪の名前を出せなかった。出せば、どこの者だとか、なぜそのような女を探しているのだとか、さらなる質問が来ることはわかっている。

だが、それはまずかった。

浪を突き詰めていけば、どうしても砂屋楼右衛門に行き当たる。砂屋楼右衛門のことを知っていると黒田伊勢守は言えなかった。砂屋楼右衛門のことを知りながら、見逃していたなど、禁裏付としての役目怠慢でしかないからである。

「黒田伊勢守に疑義あり」

鷹矢から京都所司代に訴えが出れば、黒田伊勢守は終わる。

「……もういい」

鷹矢の手から帳面を引ったくって、黒田伊勢守が話を終わらせた。

「あまり要らぬ手出しはなされぬことだ」

鷹矢が低い声で告げた。

「…………」

やはり知っているなと黒田伊勢守が無言で鷹矢を睨みつけた。

「検非違使から連絡がございましたぞ。うろんな者が御所に入りこみ、主上さまの御座所側まで近づいたが、捕まえたと」

「聞いておらぬぞ。拙者は」

鷹矢の話に、黒田伊勢守が顔色を変えた。

「武者伺候の間当番は、主上さまのご下問あるいは、御用に備えるのが役目。そして日記部屋当番は、内証を含め禁裏のなかであったことを管轄するのが役目。その話が来たときの日記部屋当番は、拙者でござる」

検非違使の連絡に遺漏はないと、鷹矢が断じた。

「違う、そんなことではない。検非違使の連絡を受けたのならば、拙者に報告してしかるべしであろう」

黒田伊勢守が鷹矢を非難した。

「貴殿の名前が出てきているのにか」

「…………」

鷹矢に言われた黒田伊勢守が黙った。

「禁裏付の家臣が御所へ仕丁に化けて侵入した……そうなれば、どうなる。貴殿に教えなくて当然であろう。当事者の一人、いや、疑われておるのだからな」

「そ、そのような者は知らぬ」

黒田伊勢守が大声で否定した。

「拙者に言われるより、所司代さまに釈明されるべきだと思うがな。これは同役としてせめてもの厚意でござる。では」

鷹矢が日記部屋を後にした。


指月たちが百万遍の役屋敷に着いた。

「門は閉まっておるぞ」

武家屋敷の門は、当主あるいは一門、格上の客などでしか開かれない。

「こちらで」

指月の指摘に万吉が笑った。

「どこへ行く。そちらは脇門ではないか」

連れていかれた先には、禁裏付役屋敷の脇門、勝手門があった。

「刻限はよしだな。おい、米助」

「あいよ」

万吉に言われて米助が勝手門を押した。

「開きやした」

誇らしげに万吉が笑った。

「屋敷のなかの者を買収したか」

「同心の一人が、祇園の芸妓に入れこんでやしてね」

桐屋利兵衛が同心を女と金で薬籠中《やくろうちゅう》のものにしたと万吉が伝えた。

「では、さっさとすませるぞ」

指月が勝手門へ向かった。

使用人や出入り商人が出入りする勝手門はその名のとおり、台所に近い。

昼餉の用意をしていた温子が、勝手門が開かれたことに気づいた。

「門が開いた……」

「間違いなく、閂《かんぬき》をかけた」

出入り商人は朝早いうちに来る。朝餉に使う食材の納品があるからだ。

弓江が掠われて以来、役屋敷の戸締まりは厳重にしている。さすがに朝餉の給仕や洗濯、掃除などがあるため、ずっと見張っているわけではないが、出入りのたびにしっかり閂は下ろしている。その勝手門が開いた。

「勝手門、敵」

誰がと確認するようなまねはしない。温子が大声をあげた。

「なんと」

「来たか」

長屋で待機していた檜川と財部が太刀を摑んで駆け出た。

「ちっ」

「ばれた」

先頭の米助と二番目に続いていた安比古が、温子の声を聞いた。

「かまわねえ。ばれたところで人が増えるわけでもねえし、禁裏付の与力、同心は加勢に来ねえ。あの同心に間の扉を開かねえように細工もさせている」

万吉がこのまま続行だと告げた。

「おうよ」

米助が勝手門から飛びこんだ。

「南條さま」

弓江が長刀を手に台所へ走りこんできた。

「はい」

温子がうなずいた。

「米助、てめえら二人は台所からなかへ入れ。先生は外周りでお願いしやす」

「わかっている」

首肯した指月が庭伝いに玄関へ向かった。

「合点」

米助と安比古が台所の扉に手をかけた。

「開かねえ」

「蹴り破っちまえ」

安比古が台所の板戸を蹴飛ばした。二度、三度繰り返しているうちに、台所の戸が外れた。

「女を押さえろ」

「いたぞ」

台所に踏みこんだ安比古と米助が温子と弓江を見つけた。

「おとなしくしやがれ」

台所土間で立ちすくんでいるように見えた温子に、安比古が飛びかかった。

「典膳正はん以外はお断りや」

温子が背後に隠し持っていた味噌汁の入った鍋を安比古に投げつけた。

「えっ……あ、熱い」

先ほどまで煮えていた味噌汁をかけられた安比古が大やけどを負って転がった。

「使い慣れてない武器を振り回すと、てめえが怪我するぜ。無駄な抵抗はやめな」

すでに弓江へ向かっていた米助は、安比古の惨状を気にせず手を伸ばした。

「貞婦二夫にまみえず」

弓江が長刀を振った。

「おわあ」

甘く見ていた米助が長刀に腹を殴られて吹き飛んだ。

「えいっ」

「やっ」

温子がすりこぎで安比古の頭を、弓江が長刀の石突きで米助のみぞおちを叩いた。

「てめえら……」

台所の外から見ていた万吉が絶句した。

「どうする。先生の援護のほうへ行かなくて良いのか」

檜川と財部の姿がないことに、庭五郎が緊張した。

「女を押さえれば、それが先生への助けにもなる。こっちを先に……」

そう言いかけた万吉が、あわてて台所口から離れた。温子がまた鍋を持ったからであった。

「阿呆。そうそうお味噌汁があるわけないやろ」

温子が声をあげて笑った。

「くそっ、なめやがって」

庭五郎が温子へ飛びかかろうとした。

「お湯はあるけどな」

温子が鍋を投げつけた。

「ぎゃあああ」

お湯を浴びた庭五郎が顔を押さえてうめいた。

「あかん、ここの女は鬼や」

一人になった万吉が、逃走を決めた。

「布施はん」

「南條さま」

温子と弓江が抱き合って震えた。

長屋から出てきた檜川と財部の二人と指月が鉢合わせした。

「指月」

財部が一気に激した。

「落ち着け」

檜川の忠告は、財部に届かなかった。

「きさまかあ。きさまのせいで……」

財部が手にしていた太刀を抜くと、鞘を指月めがけて投げつけた。

「ふん」

すでに太刀を抜いていた指月が鞘を弾き、そのまま突っこんできた。

「しゃあ」

駆け寄りながら財部も太刀を振った。

「ぐあっ」

二人の太刀がぶつかり、財部が押し負けた。指月の一撃を受け損ねた財部が吹き飛んだ。

財部の手から太刀が落ちた。

「力が足りぬわ。人を殺すのは、技より力よ」

指月が勝ち誇りながら、財部へ止めを刺そうとした。

「させぬ」

檜川が横から指月の左脇腹を襲った。

「ちっ、二人がかりとは卑怯ぞ」

財部への追撃をあきらめて、後ろに跳んだ指月が文句を言った。

「言えた義理か」

言い返しながら檜川が指月を追った。

「はまったな」

一度下がった指月が、矢のように前へと踏み出した。

「くらえっ」

「おうや」

指月の太刀と檜川の太刀がぶつかって止まった。

「よく止めた」

「……………」

檜川は無言で指月の感嘆を流した。

「だが、これまでだ」

身体付きでは、指月が圧倒していた。

指月が上から体重をかけてきた。

「むっ」

檜川が耐えた。

鍔《つば》迫《ぜ》り合いは、互いに相手の刃の届くところで遣り合う。力負けすれば、そのまま相手の刃が身体に食いこむことになる。

「儂の勝ちよ。鍔迫り合いで負けたことがない」

体重をかけながら、指月が嗤った。

「……もう一人忘れておらぬか」

檜川がにやりと口の端をゆがめた。

「あやつなら、しばらく動けまい。引っかかるものか」

指月が財部の助勢を否定した。

「そうか。では、そういうことにしよう」

耐えながら檜川が述べた。

「無駄なあがきを」

ちらと指月が財部へ目をやった。

「おらぬっ」

倒れているはずの財部がいなかった。

「どこだっ」

一瞬、指月の注意が檜川から離れた。

「しゃっ」

抑えつけられている状況を打開できるほどの隙ではないが、檜川には十分であった。

檜川は指月との鍔迫り合いを捨て、押されるままに後ろへ倒れた。

「なんだ……」

注意のそれたところに、圧力の均衡が崩れた。

全身の力で押していた指月の体勢が揺らいだ。

「うわっ」

倒れそうになるのを、なんとか指月が立て直そうとした。

「死ねや」

己から倒れた檜川は、背中を打ちつける寸前に太刀を捨て、脇差を投げた。

「ぐっ」

転《こ》けまいと必死だった指月は、これを避けられなかった。

「…………」

胸に刺さった脇差と檜川を交互に見た指月が頬をゆがめ、膝から落ちるようにして倒れた。

「助かったぞ、財部」

痛む身体を這うように動かした財部に、檜川が感謝を告げた。

「無念、這ってでも吾が倒したかった」

財部が大の字に転がって、嘆いた。

「いきなり斬りかかるからじゃ。落ち着いて対処していれば、おぬしだけでも勝てたものを」

頭に血がのぼった財部の行動が、戦いを面倒にしたと檜川が愚痴を言った。

「……すまぬ」

小さく、財部が詫びた。

「織部が逝《い》ったか」

津川一旗の報告に、松平定信が瞑目した。

「無念でございまする」

「嘆くな。織部は見事に戦ってみせたのだ」

慟哭する津川一旗を松平定信が慰めた。

「越中守さま、わたくしに織部の仇《かたき》を討たせて……」

「いや、ならぬ」

松平定信が津川一旗の願いを却下した。

「なぜでございまする。東城は、織部を死なせただけではなく、越中守さまのお考えも……」

「だからじゃ」

津川一旗の叫びに松平定信が首を横に振った。

「余の腹心の命を奪い、幕府のためにと余が考えた策を無にしてくれた。怒りはそなただけではない。余も血を吐くほど悔しいわ」

「越中守さま……」

激情を見せた松平定信に、津川一旗が息を吞んだ。

「許すわけにはいかぬ」

一瞬で松平定信が熱き怒りを氷に変えた。

「東城は……典膳正は、余が討つ」

松平定信が冷たい声で宣した。

この作品は徳間文庫のために書下されました。

徳間文庫

禁裏付雅帳[十]

決《けつ》別《べつ》

2020年4月15日　初刷

著者　上《うえ》田《だ》秀《ひで》人《と》

発行者　小宮英行

発行所　株式会社徳間書店

東京都品川区上大崎三―一―一
目黒セントラルスクエア　〒141―8202

電話　編集〇三（五四〇三）四三四九
販売〇四九（二九三）五五二一

振替　〇〇一四〇―〇―四四三九二

印刷　大日本印刷株式会社
製本　大日本印刷株式会社

ISBN978-4-19-894548-0　（乱丁、落丁本はお取りかえいたします）